SHORT CLASSICS
短经典精选

DROWN
Junot Díaz

聚会，1980

〔美〕朱诺·迪亚斯 著 周丽华 译

人民文学出版社
PEOPLE'S LITERATURE PUBLISHING HOUSE

著作权合同登记号　图字 01-2023-1653

DROWN
by Junot Díaz
Copyright © 1996 Junot Díaz
This edition arranged with The Marsh Agency Ltd & Aragi, Inc through Big Apple Agency, Labuan, Malaysia. Simplified Chinese edition copyright © 2024 Shanghai 99 Readers' Culture Co., Ltd
All rights reserved.

图书在版编目(CIP)数据

聚会，1980 ／（美）朱诺·迪亚斯著；周丽华译.
北京：人民文学出版社，2024. -- （短经典精选）.
ISBN 978-7-02-018794-2
Ⅰ. I712.45
中国国家版本馆 CIP 数据核字第 2024N5K597 号

责任编辑　朱卫净　邰莉莉
封面设计　好谢翔

出版发行　人民文学出版社
社　　址　北京市朝内大街 166 号
邮　　编　100705

印　　刷　凸版艺彩(东莞)印刷有限公司
经　　销　全国新华书店等

字　　数　95 千字
开　　本　889 毫米×1194 毫米　1/32
印　　张　5.75
版　　次　2024 年 8 月北京第 1 版
印　　次　2024 年 8 月第 1 次印刷

书　　号　978-7-02-018794-2
定　　价　59.00 元

如有印装质量问题，请与本社图书销售中心调换。电话：010-65233595

献给我的母亲比尔杜德斯·迪亚斯

目录

001	伊斯莱尔
018	聚会，1980
039	奥罗拉
058	坚　持
077	沉　溺
094	男朋友
100	埃迪森，新泽西
120	如何约会一个棕女孩、黑女孩、白女孩或混血女孩
126	无　脸
134	生　意

伊斯莱尔

1

我们走在去小食店的路上，一趟小差使，给姨父买瓶啤酒，拉法忽然停下来，一动不动，歪起脑袋，像在倾听某种远处传来而我却听不见的讯息。我们快到小食店了，音乐声和叽里咕噜的醉话依稀可闻。那年夏天我九岁，哥哥十二岁，是他想去看伊斯莱尔，是他望着巴尔巴科那个方向说，我们得去会会那小孩。

2

每年夏天，妈妈都用船把我和拉法送去乡下。她在巧克力工厂一天工作很多个钟头，没有时间和精力来照看放假在家的我们。拉法和我跟着姨父，住在奥科阿郊区的一所木头房子里。玫瑰花丛在院子里盛放，一朵花就像一个罗经点图①。芒果树铺展出大片深阴，我们可以在树下休息和玩多米诺骨牌。但乡下

---

① 罗盘上的32个基本方位，其经典点位图有点像抽象的复瓣花朵。——译者注，下同

一点不像我们在圣多明各①的街区。在乡下什么事都做不了，什么人也见不到。没有电视也没有电。拉法大一点，自然期待更多。他每天早晨醒来都很懊恼和不满。他穿着短裤，站到外面露台上眺望群山，望着水一样聚集的雾气，还有火一样燃遍山头的凤凰木。他说，简直是屎。

屎都不如，我说。

是的，他说，等回了家我一定要疯上一把，要玩遍我所有的女朋友，还有别人的女朋友。还要不停地跳舞，要像世界纪录里的人那样一口气跳个四五天。

米格尔姨父找了些活给我们干（主要是给烟房砍木头，下到河里去取水），但我们三下五除二就干完了，像脱件衬衫那么容易。一天里剩下的时间便像迎面擂来的拳头一样轰然而至。我们到小溪里捉螃蟹，走上几小时穿过山谷去看从来不在那里的女孩。我们给从来没逮到过的獴下套子。我们用一桶桶的凉水锻炼公鸡的体魄。我们很努力地让自己忙着。

我不介意那些夏天，不会像拉法那样宁愿忘却。回到首都的家中，拉法有他自己的朋友，一伙小罗汉，他们会撞倒邻居，在墙上和路沿石上涂画男女生殖器。回到首都，他就不和我讲

---

① 多米尼加共和国的首都，这个港口城市是拉丁美洲最古老的城市之一。

话了,除了"闭嘴""笨蛋";当然,也除了他气极了的时候,会用五百种花样来奚落我,大多涉及我的面色、头发、嘴唇的大小。这是那海地人,他对他的伙伴们说。嘿,海地先生,妈妈在边境上发现你,看你可怜才拣回来的。

如果我蠢到去还嘴的话,比如攻击他背上长出来的毛,还有他鸡鸡顶端膨胀得跟柠檬一般大的那次,他会一拳要了我的命,我于是没命地跑。在首都拉法和我成天打斗,邻居们喜欢用扫帚把我们分开。可在乡下不是这样。在乡下我们是朋友。

那个夏天我九岁,拉法整个下午都在夸夸其谈,讲他在交往的女孩,乡下的女孩不像首都的女孩那样容易得手,但吻她们的感觉都差不多。他会带乡下女孩去水坝游泳,如果运气好,她们会让他尝到更多甜头。他这样搞了差不多一个月,她父母才有所耳闻,把她关在家里再也不放出来了。他去和女孩约会时总穿同一身行头:去年圣诞节爸爸从美国寄来的衬衫和裤子。我总是跟着拉法,努力说服他带上我这个尾巴。

回家,他说,我一两个钟头就回来了。

我陪你去。

我不要你陪我去任何地方。在这等我。

如果我再坚持,他会冲着我肩膀来上一拳,然后走开,直到树叶的间隙里只漏出他衬衫的颜色。我心里面有什么东西像帆一样鼓起来。我大叫他的名字，他加紧走。蕨叶、枝条和花荚在他经过时都被唤醒并颤动起来。

后来，我们躺在床上，听见老鼠在铁皮屋顶上活动，这时他会告诉我他做了什么。我听他讲乳房、阴部和精液，他讲的时候也不看我。他去约会一个女孩，半海地血统的，后来却和她姐姐搞上了。还有一个女孩认为只要事后喝了可乐就不会怀孕。还有一个怀孕了，却满不在乎。他双手托着后脑勺，双足在脚踝处相交。他有点帅，说话的时候只动嘴角。我太小，他说的事情我大部分都不懂。但我还是听着，以备将来之需。

3

伊斯莱尔的故事完全不同。即便奥科阿这一边的人也听说过他，他还是个婴孩时，脸被一头猪啃过，像橘子一样被剥了皮。他是个话题，一个让小孩尖叫的名字，比妖怪和巫婆还可怕。

去年我第一次见到了伊斯莱尔，就在水坝修成后。我当时在城里，四处晃悠，一架单桨直升机划过天空飞过来。机身上的一扇门开了，一个男人开始往外踢厚厚的一垛一垛的东西，在风中散成无数的传单，像蝴蝶花一样慢慢飘落，那是摔跤手们的海报，不是政客们的。这时小孩们开始相互叫骂。一般飞机只会到奥科阿，但如果印得太多，附近的城镇也会得到传单，尤其当比赛或选举规模比较大的时候。纸页会在树上挂好几个星期。

我看到伊斯莱尔在一个巷子里，弯腰对着一垛还没有从细线上脱开的传单。他戴着面具。

你在做什么？我问。

你说我在做什么？他回答。

他拾起那捆东西往巷子深处跑去。别的男孩看见他，吼着围拢过来，但是该死，他会跑。

那是伊斯莱尔！有人告诉我。他好丑，他在这里有个堂兄，我们也不喜欢他。他的脸会让你作呕！

回家后我告诉了哥哥，他在床上坐起来。你看得到面具下面吗？

看不太见。

这件事情我们得去验证一下。

我听说很可怕。

我们去找他的前一晚，哥哥睡不着。他一脚踢在蚊帐上，我听见纱网被撕裂了一点。姨父在院子里和他的朋友们大声说笑。姨父的一只公鸡前一天大获全胜，他在考虑把它带到首都去。

这里的人连个屁都不敢赌。他说。农民只在感觉运气好的时候才赌大的。他们中有多少人会感觉运气好呢？

你现在就感觉运气来了。

你说对了。这就是为什么我得为自己找几个花大钱的主儿。

我想知道伊斯莱尔的脸被吃掉了些什么。拉法说。

他的眼睛。

这很可能。他肯定我说的话。你想眼睛是猪最先会去啃的地方。眼睛是软的，还有点咸。

你怎么知道？

我舔过，他说。

也许还有耳朵。

还有鼻子，所有突出的部位。

每个人对伤势的观点都不尽相同。姨父说不是太糟糕，可他父亲很敏感，听不得任何人嘲笑他的长子，这就是面具的由来。小姨说如果我们看了他的脸，会难过一辈子。所以那男孩的妈妈成天待在教堂里。我从来没难过几小时过，想到这种情绪会持续一生的时间，我吓得要命。哥哥不停地捏我的脸，好像我是个芒果。面颊，他说。还有下巴。前额硬很多，皮紧。

好了，我说。啊呀。

第二天早上公鸡叫了。拉法往草丛里倒空了夜壶，从院子里找齐了我们的鞋子，小心不踩到小姨晒的那一层可可豆。拉法进了烟房，出来的时候拿着一把刀和两个橘子。他剥开橘子，递给我一个。我们听见小姨在屋子里咳嗽，我们上路了。我一直在等拉法打发我回去。他越久不开口，我就越兴奋，两次伸手去捂嘴，免得笑出来。我们慢慢走着，揪着小树和篱笆条，以免从荆棘丛生的斜坡上滚下去。烟雾从昨夜被烧过的田野里升起。没有爆裂或倒掉的树像长矛一样竖立在黑色灰烬中。到了山脚下，我们顺着去奥科阿的马路走。我拿着姨父藏在鸡笼里的两个可口可乐空瓶。

我们遇上两个女人，我们的邻居，她们在小食店旁边等着，要去集市。

我把瓶子放在柜台上。那人折起昨天的《国民报》。当他把新鲜的可乐放到空瓶旁边时，我说，我们要退钱。

那人把胳膊放在柜台上，打量了我一遍。是大人叫你们来的？

是的，我说。

你最好把这个钱交给你姨父，他说。我盯着玻璃下面的馅饼和炸肉皮，玻璃上面停着苍蝇。他把硬币拍到柜台上。这可不关我事，他说。你们怎么用这个钱是你们的事情。我只是个生意人。

我们要用掉多少钱？我问拉法。

全部。

我们能买点东西吃吗?

省着买饮料。等会儿你会非常渴。

也许我们应该吃点东西。

别傻了。

只买一点口香糖呢?

把钱给我,他说。

好吧,我说,我只是问问。

接着他停了下来。拉法出神地看着路前方。我比任何人都熟悉这表情。他在盘算。他时不时地瞟一眼那两个女人,她们在大声交谈,胳膊交叉抱在丰满的胸前。第一辆公共巴士来了,那俩女人上去了。拉法望着她们的屁股在裙子里晃荡。售票员从上车门里探出身来说,上吗?拉法说,滚,秃子。

我们等什么呢?我问。那辆有空调。

我想等一个年轻售票员,拉法说,仍旧望着路前方。我走去柜台边,指头敲了敲玻璃柜。店主给了我一个馅饼,我把它放进口袋里之后,塞给他一个硬币。生意就是生意,店主大声说。可哥哥懒得回头看一眼。他在朝着下一辆巴士挥手。

往后走,拉法说。他自己当门而立,脚趾头悬空,手钩在车门上方。他紧靠着售票员,那人比他小一两岁。他想让拉法坐下，但拉法摇摇头，笑了笑，那样子在说"门都没有"。他们正要争吵，司机开动了汽车，打开了广播。《小说里的女孩》仍在单曲榜上。你相信吗？我旁边的一个人说，这玩意儿他们一天播放一百次。

我僵直地蹲下身坐到位子上，但馅饼的油已经沾到我裤子上了。糟糕，我说着，掏出馅饼四口就吃掉了。拉法没看到。每次巴士停下来，他就跳下去，帮人拎包裹。当一排座位坐满后，他就拉下中间那个座位上的备用座位。那个售票员，瘦瘦的男孩，顶着个爆米花发型，跟在他后面想赶上他的速度。司机忙着听收音机，没注意到发生的事情。有两个人把钱给了拉法，拉法又把钱全给了售票员，售票员自己也在忙着找零。

你得当心这些油渍，我旁边的男人对我说。他牙齿好大，戴着干净的软呢帽。胳膊上的肌肉像绳子一样虬结。

这些东西太油腻了，我说。

我来帮你。他往手指上吐了点口水，开始揉搓那块油渍。可是接下去，他透过我的短裤布料捏我。他笑了。我把他往他自己的座位上一推。他看了看有没有人注意到。

你个基佬，我说。

那男的还在笑。

你个不要脸的。我骂道。那男的捏住我的二头肌，悄悄地，很用力,像我的朋友在教堂里偷偷掐我一样。我"哎哟"叫起来。

你嘴巴干净点,他说。

我站起来,向门走去。拉法拍了下车厢顶,司机减速时售票员说,你们两个还没付钱。

我们当然付了。拉法说着,把我推到尘土覆盖的街道上。我给了你那边那两个人的钱,我们的也一起给了。他的声音很疲倦,似乎他一直在讨论这件事情。

不,你没有。

他妈的我给了。你拿了钱了。为什么不数数清楚?

售票员想用手拉住拉法,但拉法可不干。想都别想,他朝着司机大叫,让你的伙计学着点怎么数钱。

我们穿过马路,下到一块芭蕉地里。售票员在我们后面大叫,我们待在地里,直到听见司机说,算了吧。

拉法脱下衬衫对着自己扇风,就在这时我大哭起来。

他望了我一会儿。你,他说,真是个臭娘们。

我好难过。

你出了什么鬼问题了?我们什么都没做错。

我马上就好了。说着我用手臂蹭起鼻子来。

他四下里一张望,了解了一下地形。你再哭我就走了。他朝着阳光下一个生锈的窝棚走去。

我望着他消失了。你能听到窝棚里传来的声音,明亮如铬。在我的脚下,一堆啃净了的鸡骨上爬满了一柱柱的蚂蚁,辛勤地搬运着散碎的骨髓。我本来可以回家,拉法发脾气时我通常都这么做。可现在我们出来太远——有八九里。

我在窝棚过去一点赶上了他。我们一起走了大约一里路。我感觉脑袋冰冷而空洞。

你哭好了?

是的,我说。

你总要搞得跟个娘们似的吗?

即便上帝本人出现在空中,朝下对着我们撒尿,我也不会抬起头来。

拉法吐了口唾沫。你得坚强点。总是哭啊哭的。你想想爸爸会哭吗?你以为过去六年里他是哭过来的吗?他从我身边转开去。野草和折断的茎秆在他脚下噼啪作响。

拉法拦住一个穿着蓝褐制服的学生,他指给我们一条路,顺着走下去。拉法又去问一个年轻妈妈,她的宝宝正在吃奶,一口一口像个卖力的矿工。再往前走一点,她说。他笑了,她看向别处。我们走过头了,一个农民用弯刀指给我们最简单的兜回去的路。拉法停了下来,他看见伊斯莱尔站在一块地的中央。他在放风筝,尽管有绳子,可他看起来和远处那个在天空中游动的黑色楔形物没有联系。开始吧。拉法说。我有点窘。我们到底要干些什么呢?

靠近点。他说着,准备起跑。他把刀子递给我,然后一路小跑进了那块地。

4

去年夏天,我用一块石头砸中了伊斯莱尔,从石头从他背上弹开的样子,我知道我击中的是一扇肩胛骨。

你打中了!你他妈打中了!其他男孩叫起来。

他从我们身边跑开,痛苦地弓着身子,有个男孩差点揪住了他,但他挣开又跑掉了。他比猫鼬还快,有人说。但其实他比那还快。我们哈哈大笑,回去继续我们的棒球赛,忘记了他,直到他再次来到镇上,于是我们又放下手头的事情去追他:给我们看看你的脸!就看一下!

5

他比我们俩都高,看起来就像被超级谷粒喂肥了。奥科阿附近的农民用它来喂牲畜,是一种新产品,弄得我姨父晚上不睡觉,在那里嫉妒地咕哝,9号合成饲料,9号合成饲料。伊斯莱尔的凉鞋是硬皮的,衣服是北美人的。我朝拉法看了看,但哥哥似乎没有心慌。

听着,拉法说,我弟弟有点不舒服,你能指给我们小食店在哪里吗?

马路上有个水龙头。伊斯莱尔说。他的声音很古怪,充满了痰液。他的面具是用蓝色薄棉布手缝的,你能看得出环绕他左眼的疤痕组织,光滑如蜡,红色新月状,还有顺着脖子淌下来的唾液。

我们不是从这附近来的,不能喝水。

伊斯莱尔开始收线。风筝打起转来,但他用力一拉把它校正了。

不错呀,我说。

我们不能喝这里的水。那会害死我们的。而且他已经病了。

我笑了,努力装病,那倒不太难,我浑身是灰。我看见伊斯莱尔打量着我们。

这里的水很可能比山里的好,他说。

带我们出去吧,拉法低声说。

伊斯莱尔朝下指出一条道。往那边走,你会找到的。

你确定吗?

我一直住在这里。

我能听见塑料风筝在风中拍动,绳子飞快地收了进来。拉法气呼呼地开路了。我们转了一大圈,此时伊斯莱尔已经把风筝拿在手里了。风筝绝不是当地的手工制作。那是国外生产的。

我们找不到，拉法说。

你们怎么这么笨？

你这个是从哪来的？

纽约，他说，我爸爸买的。

别胡说！我们爸爸也在那里！我大叫。

我看了看拉法，一瞬间他皱了皱眉。我们的爸爸只给我们寄信，还有圣诞节的时候会寄衬衫和裤子。

你老戴着这面具是干什么鬼用的？拉法问。

我有病，伊斯莱尔说。

那一定很热。

我觉得还好。

为什么不取下来？

在我好转之前都不能取。我很快就要去动手术了。

你最好当心一点，拉法说，那些医生要你的小命比警察还快。

他们是美国医生。

拉法冷笑了一声。你在撒谎。

我去年春天见过他们，他们想让我明年去。

他们在骗你，他们很可能只是怕你难过。

你要我指给你看小食店在哪儿吗?

当然。

跟我来,他说着,擦去脖子上的痰。到了小食店,拉法给我买了可乐,他站在一边。店主在和送啤酒的人玩多米诺骨牌,看都没看我们一眼,但他举起手来向伊斯莱尔示意了一下。他和我见过的所有开小食店的人一样,样子精瘦。回去的路上我把喝剩的给拉法喝完。我们赶上了伊斯莱尔,他走在我们前头。

你还在练摔跤吗?我问。

他转向我,面具下面有什么东西在漾开。你怎么知道?

我听说的,我说。美国人也玩摔跤吗?

我希望他们也玩。

你是个摔跤手吗?

我是个很棒的摔跤手。我差点就能去首都比赛了。

哥哥大笑起来,对着瓶子牛饮。

你想试试吗,胆小鬼?

不是现在。

可我想。

我碰了碰他的手臂。飞机今年还没来扔过任何东西。

现在还早。八月第一个星期天就会开始。

你怎么知道。

我是这里人啊,他说,面具扭动起来。我意识到他是在笑。哥哥扭住他的胳膊,把瓶子朝他头顶砸去。瓶子迸裂了。厚厚的瓶底像一个疯狂的眼镜片一样飞旋了出去。我说,该死!伊斯莱尔打了个趔趄,栽在一根已经陷到路边去的篱笆柱上,玻璃从他的面具上滚落。他向我转过身,接着又趴着倒了下去。拉法踢了踢他身体一侧。伊斯莱尔似乎没注意到。他的手平摊在尘土中,正集中力量想把自己撑起来。把他翻过来,哥哥说道。我们使劲儿推,把他翻了个面。拉法扯下他的面具,扔飞到草里去了。

他的左耳是一个小肉块,你能从脸颊上的一个洞里看见布满血管的舌根。他没有嘴唇。他的头向后歪着,眼白翻了出来,气管食管露在脖子外面。猪闯进他家时,他还是婴儿。伤痕看起来是老的,但我还是往后一跳说,拉法,我们走吧,求你了。拉法蹲下来,伸出两个手指头,把伊斯莱尔的头拨过来拨过去。

6

我们回到小食店时,店主和送货人在争吵,多米诺骨牌在他们手底下咯嗒作响。我们不停地走,一小时后,也许两小时吧,我们看见了一辆巴士。我们上了车,径直往后走。拉法交叉双臂，凝视着窗外的田野，路边的窝棚一闪而过。尘土、烟雾和人因为我们的速度，都好像冻住不动了。

伊斯莱尔会没事的。

别那么肯定。

他们会把他送去治疗。

他下颌骨和耳朵之间的肌肉抽动了一下。尤尼奥，他疲惫地说，他们什么都不会为他做的。

你怎么知道？

我知道，他说。

我把脚放到前面椅子的靠背上，顶着了一位老太。她回头看了看我。她戴着一顶棒球帽，一只眼睛有点混浊和发白。巴士是往奥科阿去的，不是回家的。

拉法打了个手势叫停。准备跑，他冲我耳语。

我说，好。

聚会，1980

那一年，妈妈最小的妹妹，小姨伊尔玛，终于来到了美国。她和米格尔姨父在布朗克斯广场大道旁弄到了一处公寓，每个人都觉得应该开个派对。实际上，那是我老爸决定的，但每个人——也就是说妈妈、伊尔玛小姨、米格尔姨父和他们的邻居，都认为那是个好主意。派对那天下午，爸爸六点钟左右下工回到家。时间正好。我们刚穿戴齐整，这对我们来说动作算快的了。要是爸爸走进来看见我们还穿着短裤晃悠，他准会狠狠揍我们一顿。

他没跟任何人说话，包括妈妈，只是推开她走了过去，她刚想要说话，他举起手示意别说，直奔淋浴间。拉法给我使了个眼色，我还了他一眼。我们都知道老爸正在和一个波多黎各女人约会，他去过她那里，想赶快洗掉太明显的罪证。

妈妈那天看上去真不错。美国终于让她长了点肉。她不再是三年前初来乍到时那根豆芽菜了。她把头发剪短了，戴着一大堆廉价的珠宝，衬她倒也不嫌太花哨。她的气味还是原来的，像风吹树木。她总是尽可能挨到最后一分钟才喷香水，因为喷早了是一种浪费，她说，等你到派对时，又得喷上一遍。

我们，也就是我、我哥哥、妹妹和妈妈，等着老爸冲完澡。妈妈在一贯的平静中显露出一点焦躁，双手把皮带上的扣子调了又调。那天早上，妈妈叫我们起床去学校时，她跟我们说她想在派对上好好开心一下。我想跳舞，她说。可现在，西天的日头像吐在墙上的痰一样滑落，她看来只想把这事应付过去就好了。

拉法也不太想去派对，我呢，我从来不想和家人一起去任何地方。外面停车场上在进行一场棒球赛，我们能听见我们的朋友在叫喊：嘿！或者对骂：混蛋！我们听到球在车子上弹跳而过，一个铝制球拍啪哒一声掉在水泥地上。我和拉法都不喜欢棒球，我们只是喜欢和当地的孩子们玩，和他们反着来。听见外面的呼喊，我们知道球赛结束了，而我们两个都没能去发挥一下。拉法冲我皱了皱眉，我回皱了他一下。他举起拳头。别学我的样，他说。

别学我的样，我说。

他搥了我一下，我本来要搥他一下回礼，但爸爸大步走进了客厅，腰上围着毛巾，看上去比穿衣服时小了很多，他露着乳头周围几缕毛发，嘴巴紧闭面色阴沉，像是舌头还是哪里被烫伤了一样。

他们吃过了吗？他问妈妈。

她点头。我给你做了点东西。

你没让他也吃吧？

啊，天哪，她说，双臂垂了下去。

啊，天又没错，爸爸说。

我坐车前不应该吃东西，但早些时候，妈妈把晚餐的米饭、豆子和大甜蕉端上桌时，猜是谁先扫光盘子的？你真不能怪妈妈，她一直很忙，做饭，准备，为姐姐玛黛打扮。我应该提醒她不该给我吃东西的，但我不是那种儿子。

爸爸转向我。该死的，坏小子，你干吗要吃？

拉法开始从我身边偷偷溜走。我有次跟他说我觉得他是肮脏的鸡屎，爸爸每次要揍我时他就跑开。

附加损害，他说，听说过吗？

没。

那去查字典吧。

不管他是不是鸡屎，我都不敢瞟他。爸爸是很老派的。他希望他在抽你屁股时，你不能分散注意力。你也不能看着他的眼睛，这是不被允许的。你最好盯着他的肚脐眼，它很圆，也很整洁。爸爸揪着耳朵把我拎起来。

要是你吐……

我不会,我大喊,眼里含着泪水。不是因为痛,而是条件反射。

哎呀,拉蒙啊,那不是他的错。妈妈说。

他们老早就知道派对的事情了。他以为我们怎么去那里?飞啊?

他终于松开了我的耳朵,我坐了回去。玛黛害怕得不敢睁开眼睛。爸爸身边的生活把她变成了一个十足的胆小鬼。每次爸爸嗓门一大,她的嘴唇就开始颤抖,像特制的音叉。拉法装模作样地扳着指关节,我推了他一下,他看了我一眼,那样子像在说,别乱动。但这么一下小小的回应也让我感觉好点了。

我和爸爸之间总是麻烦不断。似乎我的天职就是惹他生气,让他讨厌。我并不在意我们之间的打斗,还是想要他爱我,我从来没觉得这一点有什么奇怪或矛盾,直到许多年后他离开我们。

等我耳朵不疼了,爸爸已经穿上了衣服,妈妈挨个对着我们画十字,好像我们是要奔赴战场。我们轮流说,上帝保佑,妈妈。她碰了碰我们的五个要点[①],说,上帝保佑你们。

---

① 即祈祷时画的十字上的五个方向点,东西南北中。

我们就是这么启程的。每次离开家,这些话都伴随着我。

没有人说话,直到我们上了爸爸的大众车。崭新,柠绿色,买来就是为了让我们见识见识的。哦。我们的确开了眼界,可我,每次坐到里面,爸爸一开到时速二十公里以上,我就会吐。我以前坐车从来没出过问题,这辆车就像是对我的一个诅咒。妈妈认为问题出在内部装修上。在她心中,美国的东西——器具、漱口水、古怪的地毯窗帘,都含有有害的东西。爸爸很小心,不用大众车带我去任何地方。不得不坐车的时候,我就坐在前排妈妈的座位上,这样可以朝着窗子外面吐。

你感觉怎么样?爸爸转上公路后,妈妈俯在我肩膀上问,手抚着我的脖颈根。妈妈有一样特别之处:她的手掌从来不出汗。

我还好,我说,眼睛保持直视前方。我绝对不敢和爸爸交流目光。他那种愤怒而锐利的样子看一眼就能把你刮伤。

拿着,妈妈递给我四颗薄荷糖。她在出发时往窗子外面扔了三个,供奉路神①的,剩下的归我。

我拿起一颗,用舌头把它顶在牙齿上弄破,慢慢吮吸。我们风平浪静地过了纽渥克机场。要是玛黛醒着,她会吓哭,因

---

① 在流传于美洲的非洲约鲁巴人的神话里,Eshú 是旅人的保护者,路之神。

为飞机飞得离车子好近。

感觉怎样？爸爸说。

很好，我说。我瞟了一眼背后的拉法，他装作没看我。他老是这样，不管是在学校还是在家里。我有麻烦的时候，他就变得不认识我了。玛黛睡得正香，脸弄皱了，还流着口水，可她看起来很可爱，她的头发都编成了小辫子。

我转过身，专心吃糖果。爸爸甚至开起了玩笑，说我们今天晚上也许不用擦车了。他渐渐放松下来，不再老看表。也许他在想那个波多黎各女人，也许只是大家在一起让他开心。我说不准。在收费站，他心情不错，下车到篮筐下面去寻找掉下去的硬币。他有次这么做来逗玛黛笑，现在已经成了习惯。我们后面的汽车纷纷鸣笛，我在座位上往下溜了一点。拉法不在意。他冲后面的车子咧嘴笑，又挥挥手。他真正的工作是确认有没有警察过来。妈妈把玛黛摇醒。她一看见爸爸弯腰下去拾那几个角币，就高兴得尖叫起来，差点没掀掉我的帽子。

开心时刻到此为止。过了华盛顿大桥，我开始感觉眩晕。窗帘内饰的气味都钻进我脑袋里，我感到嘴里盈满口水。妈妈搭在我肩膀上的手捏紧了。我看见爸爸的眼神，他像是在说，不要动，别来事。

我第一次晕车是在爸爸带我去图书馆的时候。拉法和我们一道，可他不相信我吐了。我过去以"铁胃"著称，第三世界的童年会赋予你这种特点。爸爸很担心，马上掉头回家，动作比拉法扔掉一本书还快。妈妈给我调了一种蜂蜜洋葱合剂，让我的胃感觉好点了。一星期后我们又尝试了一下图书馆。这回我都没等得及开窗。爸爸带我回到家后，他亲自去冲洗车子，脸色很难看。这可了不得，爸爸从来不亲自洗东西。他回到屋里，发现我坐在沙发上，难过得要死的样子。

是晕车。他对妈妈说。坐车坐吐了。

这次造成的损失很小，没有什么爸爸用水管子冲不去的东西。但他还是气坏了，用手指结结实实戳了一下我的脸。这是他的惩罚方式，很有想象力。去年我在学校里写过一篇文章，叫《施刑者爸爸》，可老师叫我重写一篇。她以为我是在开玩笑。

开往布朗克斯区的剩余路途我们一直沉默，我们只停下来过一次，为了让我刷牙。妈妈带着我的牙刷和一管牙膏。当各种各样的车子从我们旁边加速驶过时，她陪我站在外面，以免我觉得孤单。

米格尔姨父身高约七英尺，头发全都往上往外梳成半爆米花头。他给我和拉法各来了一个大大的差点挤碎脾的拥抱，然后亲了亲妈妈，最后，把玛黛架在了肩膀上。我上次见姨父是在机场，他来美国的第一天。我记得他看上去一点不像千辛万苦好不容易才出国的样子。

他低头看着我。哎呀，尤尼奥，你脸色好吓人！

他吐了，哥哥解释说。

我推了下拉法。不多谢，讨厌鬼。

嘿，他说，姨父在问呢。

姨父那只砌砖人的手拍了拍我的肩膀。人人都有吐的时候，他说。你没见过我这次在飞机上的样子。天哪！他转动着他那有点像亚洲人的眼睛强调。我以为我们全都要死了。

每个人都能看出他在撒谎。我也笑了，似乎他让我感觉好些了。

你想要我帮你拿点喝的吗？姨父问。我们有啤酒和朗姆酒。

米格尔，妈妈说，他还小。

小？要是在圣多明各，他已经上过床了。

妈妈抿紧了嘴巴，这很费了点力气。

真的呀，姨父说。

那么，妈妈，我说，我什么时候回多米尼加啊？

够了，尤尼奥。

你就永远只能搞那一个妞，拉法用英文对我说。

不算你女朋友的话，当然。

拉法笑了。他只能如此。

爸爸停好车从外面进来。他和米格尔姨父握了几下手，那种握法能把我的手指压成吐司面包。

我靠，老兄，过得怎么样？他们互相问道。

这时小姨出来了，系着围裙，戴着我这辈子见过的最长的假指甲。吉尼斯世界纪录里有个奇怪的人的指甲比这个长，可是我告诉你，这个很接近了。她亲了所有人，并对我和拉法说我们长得好帅——拉法自然相信，对玛黛说她长得好漂亮，但她到爸爸面前时，愣了一下，好像在他鼻尖上看见了一只黄蜂，但还是一样地亲了他。

妈妈叫我们去客厅里和其他孩子一起玩。姨父说，等一下，我领你们参观下公寓。我很高兴听到小姨说，慢点，因为我看到现在为止，这个地方都被装修成了现今多米尼加流行的花哨俗气的风格。看得越少，越好。我的意思是，我喜欢塑料沙发套，可是，姨父和小姨把它发展到了一个新的高度。客厅里挂了个迪斯科彩灯球，灰泥天花板看上去像钟乳石的天空。沙发的边缘都垂着金色的流苏。小姨和几个我不认识的人从厨房里走出来，等到她把所有人介绍完毕，只有爸爸和妈妈被领去参观这个三层四室的公寓。我和拉法加入了客厅里的孩子当中。他们已经开吃了。我们饿了，一个女孩解释说，手里拿着一个酥皮馅饼。那个男孩比我小三岁，刚才说话的女孩，乐缇，跟我差不多年纪。她和另外一个女孩一起坐在沙发上，两个人都可爱得要命。

乐缇介绍了一下他们：男孩是她弟弟威尔奎因斯，另外一个女孩是她邻居玛芮。乐缇的胸长得不错，我可以肯定哥哥会对她下手。他对女孩的品位很容易推断。他坐在乐缇和玛芮中间，从她们对他笑的样子看，我知道他进展顺利。女孩们一下都不瞧我，不过我并不在意。我当然喜欢女孩，可总是紧张得说不出话来，除非跟她们争辩，或者骂她们傻瓜，那是我那年喜欢说的一个字眼。我转向威尔奎因斯，问他这附近有什么好玩的。玛芮用我听过的最细的声音说，他不会说话。

什么意思？

他是哑巴。

我难以置信地看着威尔奎因斯。他笑着点点头，像得了什么奖似的。

他能听懂我们说话吗？我问。

他当然听得懂，拉法说，他不聋。

我可以肯定拉法这么说是为了在女孩那里加分。两个女孩都点头。玛芮细声细气地说，他是他们年级成绩最好的。

我想，一个哑巴能这样真不错。我坐在威尔奎因斯旁边。看了一两秒钟电视，威尔奎因斯便抽出一袋多米诺骨牌，朝我示意。我想玩吗？当然。我和他对拉法和乐缇，他们有两次输惨了，这让拉法心情实在不好。他看着我的样子像是想给我一拳，就一下，让他自己感觉好点。乐缇不断地对他耳朵说话，劝他说好了好了。

我听见厨房里的父母也开始了他们一贯的模式。爸爸嗓门大而且喜欢争论。你不用在他近旁就能听清他在说些什么。妈妈呢，你要把杯子放在耳朵边才能听见她说的话。我几次走进厨房，一次是为了让姨父们炫耀一下这几年里我的脑袋瓜里究竟塞下了多少没用的东西，一次是为了一水桶杯汽水。妈妈和小姨还在炸芭蕉糕和最后一批酥皮馅饼。她现在看上去开心点了，她的手在我们的晚餐上动来动去的样子，会让你觉得她在别处还过着一种生活，做的都是珍贵精美的东西。她不时地用胳膊肘碰下小姨，她们想必一辈子都是这么唠嗑的。妈妈一看到我，便给我使了个眼色。别待太久，那眼神在说，别让你老子生气。

爸爸忙着争论猫王，没空注意到我。接着有人提到了玛利亚·蒙特兹①，爸爸立刻大叫起来，玛利亚·蒙特兹？让我来告诉你玛利亚·蒙特兹的事情，老兄。

也许我习惯他了。他那比一般大人都高的嗓门影响不到我，可其他的孩子在座位上有点不自在了。威尔奎因斯准备调高电视音量。拉法说，我不会那么做的。可哑巴孩子有胆量。他调了然后坐下来。几秒钟后，威尔奎因斯的爸爸走进了客厅，手拿一瓶领袖酒还是什么的。你调高的？他问威尔奎因斯，威尔奎因斯点点头。

这是在你家啊？他爸爸问。他看上去像要把威尔奎因斯揍傻一样，但他只是调低了音量。

瞧，拉法说，你差点挨揍了。

我见到那个波多黎各女人是在爸爸刚买车之后。他带我兜上一小圈，想要治好我的晕车。那不怎么管用，但我很期待这样的时候，即便末了我都会吐。这是我和爸爸一起做点什么的唯一机会。我们单独在一起时他对我好多了，还真有父子俩那感觉。

每次开车出去之前妈妈都给我画十字。

---

① 玛利亚·蒙特兹（1912—1951），多米尼加出生的好莱坞影星，主演过《阿里巴巴和四十大盗》等多部影片，被称为"彩色片女王"。

上帝保佑，妈妈，我说。

她会吻我的前额。上帝保佑你。接着给我一捧薄荷糖，因为她想我没事。妈妈不认为这样的兜风能治好什么，可她向爸爸表达这个意见时，他让她闭嘴。毕竟，她知道些什么呢？

我和爸爸不怎么说话。我们只是在邻近打个圈。有时他会问，感觉怎么样？

我会点头，不管感觉如何。

有天我在珀斯·安堡外面吐了，他却没带我回家，而是开去了另外一个方向，上了工业大道，几分钟后停在一幢我不认识的浅蓝色房子前。那颜色让我想起我们在学校染的复活节鸡蛋，我们用它们来砸巴士窗外别的汽车。

波多黎各女人在屋子里，她帮我清洗干净。她手上的皮干得像纸一样。她用毛巾擦我的胸时，很用劲，好像在给保险杠打蜡。她非常瘦，窄脸上顶着棕色云团般的头发，长着一双我见过的最黑最锐利的眼睛。

他很可爱，她对爸爸说。

吐的时候就不是了，爸爸说。

你叫什么？她问我，你是拉法？

我摇了摇头。

那就是尤尼奥了，对吗？

我点点头。

你很聪明,她说,忽然得意起来。也许你想看看我的书?

那不是她的书。我认得它们,肯定是爸爸丢在她家里的。

爸爸是一个贪婪的读者,就算出去偷情的时候也要往口袋里塞本书。

你怎么不去看电视?爸爸说。他看着她,似乎她是地球上最后一块鸡肉。

我们能收到很多频道。想的话你可以用遥控器。

他们两个上楼去了,我被发生的事情吓坏了,不敢四处张望。我只是坐在那里,羞愧不已,希望有什么巨大的着了火的东西砸到我们头上。我看了足足一个小时的新闻,直到爸爸下楼来说,我们走吧。

两个小时后,女人们把食物端上了桌,像往常一样,只有孩子们谢谢她们。这想必是多米尼加的传统吧。全是我喜欢吃的——椒盐炸肉皮、炸鸡、炸芭蕉糕、菜肉浓汤、米饭、炸奶酪、木薯、鳄梨、土豆沙拉、陨石那么大一团烤肉,还有我也会做的油拌沙拉。可当我和其他孩子一道围在桌边时,爸爸说,哦,你不能,说着把纸碟从我手中拿走了,他的手指一点也不温柔。

怎么了?小姨问。妈妈装作在帮拉法切烤肉。

为什么他不能吃？

因为我说的。

不认识我们的大人装作什么都没听到，姨父怯怯地笑着，招呼大家接着吃。所有的孩子——现在有十来个了——成群结队地回到客厅，手里拿着一摞碟子，所有的大人都拥入厨房和餐厅，那里面收音机在大声播放巴恰塔音乐①。我是唯一没有碟子的人。我还没来得及跑开，爸爸拦住了我。他压低声音用和气的调子对我说话，免得别人听见。

如果你吃了一点东西，我都会揍你。明白了？

我点点头。

要是你哥哥给你任何东西，我也会揍他的。当着这里所有人的面，明白吗？

我又点点头。我想杀了他，他一定感觉到了，因为他推了一把我的头。

所有的孩子都看着我进来，在电视机前坐下来。

你爸爸怎么回事啊？

他是个混蛋，我说。

拉法摇了摇头。别在人前说这样的话。

---

① 发源于多米尼加北部乡村的一种舞乐，多为表达爱情主题，主要以吉他伴奏，曲调缠绵。

你在吃，扮好孩子当然容易了，我说。

嘿，我要是个会吐的小宝宝，我也会没东西吃的。

我差点就还嘴了，但我的注意力在电视上，不想引起争吵。没门。于是我看着李小龙把查克·诺瑞斯打倒在罗马圆形大剧场的地上，努力装作屋子里没有任何吃的。最后是小姨救了我。她进到客厅里，说，尤尼奥，你既然不吃东西，那就来帮我弄点冰吧。

我不想去，可她误会了我的迟疑。

我已经问过你爸爸了。

走的时候她牵着我的手。小姨没有孩子，我可以肯定她想要。她是那种总记得你的生日，可你只会在必须去看她的时候才去她家的亲戚。我们还没过一楼的楼梯平台，她就打开了手袋，递给我一个酥皮馅饼，她从公寓里偷了三个出来。

吃吧，她说。进里面去之前把牙刷干净就行。

谢谢，小姨。我说。

那些酥皮馅饼一会儿就消失了。

她挨着我坐在楼梯上，吸着烟。我们还听得见一楼传来的音乐、电视和大人的声音。小姨长得非常像妈妈，她们两个都很矮，肤色浅。小姨爱笑，这是她们最大的区别。

家里怎么样？尤尼奥。

什么怎么样?

你们在公寓里过得怎么样?孩子们好吗?

当我听到别人讯问我的时候,我就知道这是讯问,无论它听上去多么甜蜜。我什么都没说。别误会我,我爱小姨,但有什么东西叫我闭口不言。也许是对家庭的忠诚,也许我只是想保护妈妈,也许我害怕爸爸会知道——真的可以是任何原因。

你妈妈好吗?

我耸耸肩。

他们经常打架吗?

不,我说。因为耸多了肩和做出回答的效果一样糟糕。爸爸工作很忙。

工作?小姨说,像是提到一个她讨厌的人的名字。

我和拉法,我们不怎么谈到那个波多黎各女人。我们在她家吃饭的时候(爸爸带我们去过几次),装作没什么事的样子。喂,给我番茄酱。别担心,弟弟。这桩韵事就像客厅地板上的一个洞,我们一旦习惯了避着走,就忘了那里还有个洞了。

到了半夜,所有的大人都在疯狂地跳舞。我坐在小姨卧室的外面,努力不引起注意,玛黛在里面睡觉。拉法让我把着门。他和乐缇也在里面，还有其他几个孩子，毫无疑问在忙活。威尔奎因斯穿过大厅去床上睡觉了，于是我只有和蟑螂做伴了。

我每次探头朝主厅看去，都看见二十几个妈妈和爸爸在跳舞喝啤酒。不时地有人发出尖叫，奎司克亚！① 接着其他人都跟着尖叫，跺脚。看起来爸妈似乎玩得很开心。

妈妈和小姨很多时候都挨在一起，说着悄悄话。我一直等待着发生点什么，一次争吵，也许吧。我和家人一起外出，没有一次结果是好的。我们甚至都不是像别的家庭那样夸张地发疯似的吵闹，我们像六年级学生那样打架，一点面子都没有。我猜一整夜我都在等着一次爆发，爸爸和妈妈之间。我总是设想爸爸会这么暴露原形，在大庭广众之下，每个人都会知道。

你是个混蛋！

可一切都比平常更平静。妈妈看上去不想对爸爸说什么。他们时不时一起跳舞，但不到一首歌的时间，妈妈就又回去和小姨接着聊她们的天去了。

我努力想象妈妈在遇到爸爸之前的样子。也许我困了，也许只是伤心，因为想到我家的情形。也许我已经知道用不了几

---

① 中美洲原住民泰诺人的语言中海地岛的名字，意为"大地的母亲"，也是岛上两个国家之一多米尼加的别称。

年家就要完了。妈妈没有了爸爸。这就是我那么想的原因。想象她一个人的样子不是很容易。看起来爸爸总是和妈妈在一起，即便我们还在圣多明各等他回来接我们的时候。

我们家只有一张遇到爸爸之前的妈妈的照片，那里面的妈妈还很年轻，是有人在一次选举会上为她拍的，我有天找钱去拱廊街的时候翻到的。妈妈把它塞在移民签证里。照片上，她被簇拥在我从未见过的大笑的表亲们中间，他们全都跳舞跳得汗闪闪的，衣服都弄皱了松垮了。你能看出那是晚上，很热，还有蚊子。她笔直地坐着，即便在一群人中间也很突出，她安静地微笑着，像每个人都在为她庆祝。你看不到她的手，但我想它们在摆弄一根稻草或一根线头。这就是我爸爸一年后在海堤上遇到的女人，那个妈妈以为她自己一直是的女人。

妈妈一定是发现我在研究她，因为她停下来朝我笑了一下，也许是那晚上第一次冲我笑。忽然我想过去拥抱她，不为什么，只为我爱她，可我们中间隔着十一个肥胖的摇摆的躯体。于是我坐在瓷砖地上，等待着。

我一定是睡着了，因为接下来我发现拉法在踢我，说，走吧。他看上去和那些女孩处得非常融洽，满脸笑容。我及时地站了起来，和小姨和姨父亲吻说再见。妈妈手里拿着她带来的餐盘。

爸爸呢？我问。

他在楼下，把车开过来。妈妈俯下身来亲我。

你今天很乖，她说。

然后爸爸就冲进来了，叫我们赶紧下楼，免得某个笨蛋警察给他开罚单。亲吻再亲吻，握手再握手，然后我们走了。

我不记得在遇到波多黎各女人之后我情绪低落过，但肯定有过吧，因为妈妈只会在她认为我生活中出了什么问题的时候，才会问我问题。她犹豫了十次，终于有天下午只有我们俩在家时，她把我逼到角落里。楼上的邻居在使劲打小孩，我和她一下午都听着这声音。她把手放在我手上说，一切都好吗？尤尼奥？你又和哥哥打架了？

我和拉法已经谈过了。我们在地下室，爸妈听不到我们。

他对我说，是的，他知道她。

爸爸带我去过两次那里，他说。

那你为什么不告诉我？我问。

我说什么鬼啊？嘿，尤尼奥，猜昨天发生什么了？我见到了爸爸的情妇！

我也什么都没对妈妈说。她看着我，很近很近。后来我想，也许如果我告诉她了，她会直接去问他，会做点什么。可谁知道这些事情呢？我说我在学校里遇到点麻烦，诸如此类，我们之间又恢复了正常。她把手放在我肩膀上，捏了捏，就这样。

我们转上收费路，刚过 11 号出口，我感觉不对了。我坐起来靠着拉法。他的手指有味道，一上车就睡着了。玛黛也睡着了，但她至少没打呼噜。

黑暗中，我看见爸爸一只手放在妈妈膝盖上，两个人都很安静，一动不动。他们没有软塌塌地半躺着，而是十分清醒，挺直了身子坐着。我看不见他们的脸，怎么也想象不出他们的表情。他们都没动。不时有别人汽车的明亮的头灯光射进来。我终于开口说，妈妈。他们都回过头来看，已经知道发生什么事情了。

奥罗拉

今天早些时候,我和卡子开车去南河,又买了些烟草①。常规提货,够我们这个月剩下的日子用的了。那个搭上我们的秘鲁哥们给了我们他的超级杂草的样品(你们会喜欢它的,他说)。回家的路上,过了海卓饼干厂②,我们闻到了烤饼的味道,像是就在后座上烤着,这可以发誓。卡子闻到的是巧克力脆片,而让我心旷神怡的则是过去在学校里常吃的岩皮椰香饼。

该死,卡子说,我口水流了一身。

我转过去看了看他,见他脸上的黑须茬和脖子上都是干干的。这鬼玩意儿挺够劲。我说。

我想说的就是这个词。够劲。

强。我说。

我们在电视机前忙了四个小时才把烟草分类称量再分装完

---

① 烟草泛指草本植物中提取的毒品。下文的超级杂草是大麻类。
② Hydrox,一种酷似奥利奥的巧克力曲奇夹心饼干品牌。

毕。这个过程中我们不停地吸入着粉末，等到上床的时候我们都嗨了。卡子还在因为饼干傻乐，而我，在等着奥罗拉现身。星期五比较有希望等到她。星期五我们总有新鲜货，她知道这一点。

我们已经一个星期没见面了，从她在我胳膊上留下几道抓痕以后。痕迹已经淡了，似乎涂点唾沫就能擦去。可她用那老尖的指甲刚抓上去的时候，却是又长又肿的。

夜半时分我听到她敲打地下室的窗户。她大约叫了四下我的名字，我说，我出去和她说。

别去，卡子说，别管她。

他不喜欢奥罗拉，从来不把她留的便条给我。我在他口袋里和沙发下发现了那些纸片。大部分都是废话，但时不时会有那么一条让我想对她好一点。我在床上又躺了一会儿，听见邻居将自己身体里的一部分冲下管道的声音。她不再敲了，也许是在抽烟，或者在听我的呼吸。

卡子翻了个身。别理她，兄弟。

我去了，我说。

她在杂物间门口迎上我，一个孤零零的灯泡在她身后亮着。我关上身后的门，两人吻了一下嘴唇，她没张开，像初次约会的风格。几个月前，卡子弄开了这里的锁，现在杂物间是我们的，就像一个延伸区，一个办公室。水泥上染着油斑。角落里有个排水孔，我们往里面扔烟头和安全套。

她很瘦。在少管所待了六个月，她瘦得像个十二岁女孩。

我想要陪伴，她说。

那些狗呢？

你知道它们不喜欢你。她看向窗户外，窗子上涂满了姓名首字母和"×你"字样。要下雨了，她说。

天看上去总是这样的。

是的，但这次像真的要下了。

我在一块旧地垫上坐下来，那上面散发出女人的骚味。

你的合伙人呢？她问。

他在睡觉。

那黑鬼就会睡觉。她服过摇头丸了——即便在这灯下我也看得出来。很难去亲这样的人，很难去碰他们——肌肉抖动得就像在滚轮上。她解开背包上的拉绳，抽出香烟。她又指望着她的背包生活了，指望着香烟和脏衣服。我看见一件T恤、两个卫生棉条，还有那些一样的绿色短裤，我去年夏天为她买的薄三角裤。

你去哪里了？我问。一直没见到你。

你知道的，我有好几条狗。

她的头发湿了，颜色深暗。她一定是洗了个淋浴，也许是在朋友那里，也许是在空置的公寓里。我知道我应该抗议她走开这么久，但卡子很可能在听着，于是我牵起她的手，吻了一下。

别这样，我说。

上次的事情你一点都没提。

我不记得上次。我只记得你。

她看着我，像想把这句油嘴滑舌的话塞回我嗓子眼里去，然后她的脸又平静下来。你想搞一下吗?

嗯，我说。我把她推倒在地垫上，抓住她的衣服。放轻松，她说。

面对她我控制不住自己，烟草让情形变得更糟。她的手放在我肩胛骨上，那样子让我觉得她想把我掰开。

放松点，她说。

我们都做这种蠢事，毫无益处的事。你做了，完了却一点好的感觉都没有。第二天早上卡子放萨尔萨曲子时，我醒了，一个人，头上血管突突直跳。我发现她搜过了我的口袋，让它们像舌头一样吐在裤子外面。她都懒得把那笨玩意儿塞回去。

工作的一天

今天早上下雨。我们经过9号干线对面、小音棚①旁的拖

---

① 纽约一地名。

车停车场，在巴士车站遇上了人群。四处分发"滚石"。这边十份，那边十份，一盎司杂草给那个长疣子的大块头，一些海洛因给他可卡因成瘾的女友，那个左眼通红的人。所有人都是买了去度连假周末的。每次我把一包交到一只手上时，就说，白雪，就在里面，老兄。

卡子说他昨晚听见了我们的对话，不停地奚落我。我很奇怪艾滋还没解决掉你那老二，他说。

我有免疫力，我告诉他。他看着我，叫我继续说话。说下去，他说。

四个电话进来，我们开着寻路者①去了南安堡和弗里后德。然后又走回阶地。我们就是这样干的，越少开车越好。

我们的顾客也没什么特别的人。我们的名单上没有牧师、老太和警察。只是许多的小孩和一些年纪再大点的家伙，他们从上次人口普查后就没有工作过，也没剪过头发了。有在珀思·安堡和新布隆斯威克的朋友告诉我说他们那边的主顾有时是一家人，从爷爷奶奶一直到四年级学生。这边的情况还没到那程度，但小孩越来越多了，还有大批城外的人也开始加入了，他们是住在这里的人的亲戚。我们仍然很赚钱，但比以前难了。

---

① 尼桑的一款经典老车型。

卡子已经被大幅削弱过一次，我呢，认为是时机发展和合并，但卡子说，绝不。越小越好。

我们可靠又随和，这让那些年纪大点的人容易接受，他们不想跟任何人废话。至于我，我和小孩联系密切，这块是我负责。我们白天都在工作，卡子去看女朋友时，我仍然在做。在威斯敏斯特大街上徘徊，对每个人说"你好吗"，我很擅长单干。我容易紧张，不喜欢介入太深。你在学校应该见过我。忘了吧。

我们的一夜

我们太善于伤害对方，以至于让人无法轻松放开那些事情。她打碎了我所有的东西，冲我喊叫，似乎喊叫能改变什么，还甩门想夹住我的手指。她想要我承诺给她爱这种虚无缥缈的东西时，我就想其他的女孩。上一个是肯恩[①]女子篮球队的，她的皮肤把我衬得很黑。是个大学生，自己有车，球赛后直接过来的，还穿着制服，怒气冲冲，因为别的学校的一个糟糕的篮板球，或下巴上挨的一肘子。

今晚我和奥罗拉坐在电视机前，开了一箱百威。这个会伤身哦，她说着，举起她那一罐。楼上我们的邻居正在演绎他们

---

① 纽约一大学。

漫长的一夜，互揭老底，一张张摊牌。响亮的残酷的大牌。

听听那些最浪漫的事哟，她说。

全都是甜言蜜语啊，我说。他们大喊大叫是因为他们还在相爱。

她摘下我的眼镜，亲我脸上几乎从未被触摸过的部位：镜片和镜框下的皮肤。

你的睫毛好长，让我想哭，她说。怎么会有人伤害一个长着如此睫毛的男人？

我不知道，我说，虽然她应该知道。她有次想用力把一支钢笔刺进我的大腿，但那晚我也把她的胸打得青紫，所以我认为那次不算。

像往常一样，我先不省人事。在完全失去意识之前，我瞥到几眼电视里的镜头。一个男人往一个塑料杯里狂注威士忌。一对恋人跑向对方。我希望能像她那样，醒对一千部烂片。不过，只要她还在我的脖子旁呼吸着，也就好了。

后来我睁开眼睛，看到她在亲卡子，他多毛的手穿过她的头发。该死，我说。但后来我醒来时，她却在沙发上打鼾。我把手放在她体侧。她才十七岁，对任何人来说都太细瘦了，除了我。她的烟管就放在桌上，等着我过去再来上一抽。我得打开走廊的门才能让气味散掉。我回去睡觉，早上醒来时我躺在浴盆里,下巴上有血,我记不起来到底发生了什么。这可不好,我心说。我走进客厅,希望看到她在那里,但她又走了,我照着鼻子给了自己一拳,好让头脑清醒过来。

爱

我们见面不太多。一月两次,也许是四次。这些日子时间过得不正常,但我知道次数不多。我现在有自己的生活了,她对我说。你不必是情感专家,也能看出她又开始游离了。这就是她在做的,这就是她的近况。

她被送进少管所之前,我们的关系更紧密,紧密很多。每天我们都一起晃悠,要是想找个地儿,我们就会给自己找间空置的公寓,还没出租的那种。我们破门而入。砸碎一扇窗,把它推开,扭动身子钻进来。我们拿来被子、枕头和蜡烛,让那地方不那么冷。奥罗拉会给墙上色,用蜡笔画出各种图案,用红色蜡烛油泼出各种形状,美丽的形状。你很有天分,我对她说,她大笑。我过去美术是不错,真的不错。我们在公寓里待上几星期,直到公寓管理人过来为下一个租户做打扫。我们过来会发现窗户修好了,门上了锁。

在某些晚上,尤其是卡子在旁边一张床上忙活时,我就希望我们能像过去那样。我觉得我是那种总是生活在过去的人。

卡子在弄他女友，她也一样。哦是的，给我来猛的，爸爸。而我穿上衣服，去找她。她仍然在混公寓，但跟的是一帮瘾君子，是其中两个女孩里的一个，黏着那个男孩哈利。她说他像她弟弟，但我很清楚。哈利是个小同志，小混蛋，被卡子揍过两次，被我揍过两次。我找到她的那个晚上，她缠着他，就好像是他的另外一个脑袋，一分钟都不想出来。其他人问我有没有什么货，看我的那讨厌的眼神，好像他们很了不得似的。你有货吗？哈利呻吟着，脑袋搁在两膝上，像个熟透的大椰子。货？我说，没有，揪住她的二头肌，把她带出了卧室。她歪在小间的门上。我以为你会想要点东西吃，我说。

我吃了。你有烟？

我给了她一包新的。她轻轻拿着，讨论着她是应该吸上一点，还是把这包卖给别人。

我可以再给你一包，我说。她问我为什么这么讨厌。

我只是在给予。

别用那种口气给予我任何东西。

放松点，宝贝。

我关上塑料百叶窗。有时我有安全套，但不是每次都有，她说她没和别人在一起过，我也没哄自己相信。哈利在叫，你们在那搞什么鬼？但他没有碰门，甚至没敲。后来，她掐我的背时,隔壁房间里的其他人又开始说话了。我很吃惊,感觉竟然这么不好,我想用拳头打她的脸。

我不是总能找到她。她很多时候都在庄园,和她那些毒瘾深重的朋友们在一起。我看到的是未锁的门和立体脆碎屑,有时可能是未冲的马桶。小间里和墙上总有呕吐物。有些人就直接在客厅地上大便。我学会了在眼睛没有适应黑暗之前不要走动。我把手伸在前面,从一个房间走到另一个,希望也许这下我的手指那端能触到她柔软的面庞,而不是该死的灰泥墙。有次这种情形真的发生了,很久以前。

公寓都是一样的,没有什么可惊奇的。我在水池中洗了手,在墙上蹭干,就走了出来。

角落

你观察一件事够久,你就能成为行家。知道它怎么过活,吃什么。今晚角落里很冷,没什么事情会发生。你能听见骰子落在路沿上的喀哒声,每辆从高速上下来的货车和组装的破车都用喇叭宣告自己的到来。

角落是你抽烟、吃饭、做爱以及玩塞洛戏[①]的地方。你从

---

① 一种骰子游戏。

来没见过那样的塞洛戏。我知道有些哥们一晚上能靠骰子赚两三百。也总有人大输特输。你得当心点,没人知道谁输了之后会回去拿把9毫米手枪和弯刀过来要求重赛。我听从卡子的建议,老实安静地玩,不作弊,不多话。我对每个人都很冷静,有人出现时,他们总是跟我一击拳,再用肩膀碰碰我肩膀,问怎么样了。卡子跟他的女孩说着话,拉扯她的长发,逗弄她的小跟班,但他的眼睛总是往马路上扫,像扫雷舰一样,看有没有警察。

我们都在大街灯下,每个人都是发酵小便的颜色。等我五十岁时,回忆起我的朋友,应该是这样的:疲倦,萎黄,醉醺醺。埃吉也在这里。小老乡烫了个爆米花头,大脑袋支在细瘦的脖颈上看上去很好笑。他今夜格外兴奋。白天里,在卡子的女友接替他之前,他是卡子的枪手,但他是个不太负责任的混蛋,太喜欢招摇,废话太多。他正在和某个小罗汉争论什么废话,一点不让步,我能看出来没人高兴。角落里现在很热,我只能摇摇头。尼洛,和埃吉废话的那个黑鬼,他得的性病比我们大多数人的交通票还多。但我没心情关心这些烂事。

我问卡子他是否想要汉堡,他女友的跟班小跑过来说,帮我来两个。

快去快回,卡子说,公事公办的样子。他想要给我票子但我笑了，对他说我请客。

寻路者停在隔壁停车场，满身泥浆，板结成壳，但跑起来还是很爽。我不赶时间。我把它从公寓后面开出来，上了通向垃圾场的路。这是我们小时候的据点，我们在这里放过火，有时自己还灭不掉。马路周围的整个区域还是黑漆漆的。头灯照到的一切——旧轮胎垛、标牌、棚屋，都带有一点记忆的擦痕。这里是我第一次打手枪的地方。这是我们藏匿色情杂志的地方。这是我吻第一个女友的地方。

我到餐厅时已经很晚。灯熄了，但我认识前台那个女孩，她让我进去了。她很敦实，但脸好看，让我想起我们亲吻的那次，我把手伸进她裤子里，摸到她的护垫。我问起她妈妈，她说，很好。兄弟呢？还在弗吉尼亚海军里。别让他变成同志。她笑了，扯了扯脖子上的号牌。任何笑得像她这样美妙的女人永远不愁找不到男人。我这么对她说时她看上去有点怕我。在灯下，她把她有的东西给了我，没要钱。我回到角落时，埃吉已经冰冷地躺在草地上了。几个大孩子站在他旁边，往他脸上撒尿，尿流粗急。埃吉，来，有人说。张开嘴。晚饭来了。卡子笑得太厉害，都没法跟我说话，他不是唯一一个这样的。兄弟们都笑得打滚，有些人抓住他们的小跟班，假装把他们的脑袋往路沿上撞。我给了那男孩他的汉堡，他走到两丛灌木之间，那里没人会打扰他。他蹲下来，展开油淋淋的纸，小心不沾到他的卡哈特①服上。为什么不给我一片？有个女孩问他。

因为我饿了，他说着咬下一大口。

卢瑟罗

我本来会用你的名字给它命名，她说。她折起我的衬衫，放在厨台上。公寓里没什么东西，除了裸体的我们，一些啤酒，半个比萨，冰冷而油腻。你的名字是一颗星的名字。

这是在我知道她有那孩子之前。她不停地那样重复，我终于发问，你到底在说什么？

她捡起衬衫，又叠了一遍，将其拍平，像是十分小心在意。我想告诉你一件事。关于我的事。你要做的就是听着。

我能拯救你

我在 QuickCheck② 便利店外面找到她，发着烧。她想去庄园但不想一个人去。走吧，她说，手掌按在我肩上。

你有麻烦吗？

讨厌，我只是想要有人陪。

---

① 工装品牌。
② 美国一著名连锁便利店。

我知道我应该径直回家。警察一年搜捕庄园两次,就像是节日。今天可能是我的幸运日。今天可能是我们的幸运日。

你不用进去。只要在外面等我一会。

如果我内心有什么在说不的话,为什么我说出来的却是,好的,当然?

我们走上9号干线,等另一边道路通畅。汽车响着喇叭经过,一辆新的庞蒂亚克突然向我们拐过来,吓人一跳,街灯在车顶上向后流去,我们太亢奋,没法闪避。司机是个金发白人,大笑着,我们向他竖了中指。我们看着车流,头顶的天空变成了南瓜的颜色。我已经有十天没见她,但她很平静,头发往后梳得笔直,像是又回到了学校似的。我妈妈要结婚了,她说。

和那个做散热器的家伙?

不,另有其人。有一家洗车行。

那真不错。对她这个年纪的人算是走运。

你想和我一起去参加婚礼吗?

我摁灭了烟头。为什么我不能想象我们一起去那里?她在浴室里的吞云吐雾,而我和新郎做过的那些生意。我不知道。

我妈妈给我钱去买礼服。

钱还在?

当然。她看上去和听上去有点受伤,于是我吻了她。也许下星期我会去看看礼服。我想要一件让我显得漂亮的。一件显得我身材好的。

我们开上一条小货车道，那地方啤酒瓶像南瓜一样从草丛里长出来。庄园在这条路过去，是一幢橘红瓦、黄粉墙的房子。窗户上的木板条像衰朽的牙齿一样松弛。房前大团的灌木丛脏兮兮乱蓬蓬像爆炸头。去年警察在这里逮住她时，她跟他们说是在找我，我们要一起去看电影的。但我还在十里开外的地方。那些猪们一定笑得要死。电影。当然。他们问她看什么电影时，她都说不上来一个片名。

我想要你等在外面，她说。

我没意见。庄园不是我的地盘。

奥罗拉用一个手指揉了揉下巴。哪儿都别去。

你动作快点。

我会的。她把手插进紫色风衣里。

快一点奥罗拉。

我只是要去和一个人讲句话，她说。而我在想的是，她转过身来说上一句，嘿，我们回家吧，是多么容易啊。我会用胳膊圈住她，五十年都不松开，也许永远不。我知道有人是这样戒掉的：一天早上醒来，口气熏人，说道，不要这样下去了，我受够了。她冲我笑了笑，小跑过转角，发梢在后颈上一起一落。我站在灌木丛的阴影中,听着隔壁停车场里道奇和雪佛兰停车的声音,听着手插在口袋里的行人走过来的声音。我什么都听得见。一辆自行车的链条发出喀哒声。附近公寓里的电视机开了,一个房间里充塞着十个声音。一小时后,9号干线的车流缓慢了下来,你能听见车辆从远至恩司敦[①]的地方隆隆开来。所有人都知道这幢房子。人们从四面八方来到这里。

我在流汗。我顺着小货车道走下去,又走回来。快啊,我说。一个穿着绿色运动套装的老家伙从庄园出来了。他的头发往上梳成一个椒盐色火炬状。一个老爷爷类型的,是那种会因为你在他门前小道上吐痰而冲你大叫的人。他脸上挂着笑——嘴咧得很大很开,像在吃屎。我知道在这些房子里发生着什么勾当,被出卖的肉体,禽兽行状。

嘿,我说。他看见我,矮、黑、不高兴,就愣住了,他扑到他的车门上。过来,我说。我慢慢走近他,手伸在前面,好似拿着枪。我只想问你些事情。他滑倒在地,摊着胳膊,手指撑开,手就像海星。我踩住他的脚踝,但他没有叫喊。他闭上眼睛,鼻孔大张。我用力碾他,但他一声不发。

---

① 新泽西一地名。

你不在时

她从少管所给我来过三封信,都没说什么,三页废话。她说到食物,被单多么粗糙,早上醒来脸色青灰,像在冬天一样。三个月了我还没来月经。这里的医生跟我说是神经紧张的问题。是的,是这样。我想告诉你别的女孩的事情(有很多要讲),但她们把信撕了。我希望你过得好。别把我想得太糟。也别让任何人卖掉我的狗。

她的阿姨弗莱扎把第一封信拿了几星期,才交给我,没有拆封。只要告诉我她在里面好不好,弗莱扎说。我就想知道这么多。

在我看来她似乎还不错。

好。别告诉我其他事情。

你至少应该回给她吧。

她把手放在我肩膀上,凑近我的耳朵。你回给她吧。

我写了,但不记得我跟她说了什么,除去告诉过她警察来跟踪过她的邻居,因为有人的车被偷了,还有鸥鸟到处拉屎。第二封信之后我就再没写过,这说不上对还是错。我只是有很多事情要忙。

她九月回到家,到那时我们已经有了一辆寻路者在停车场,一台真力时钟在客厅。离她远点。卡子说,那种人运气好不了的。

别担心,我说。你知道我意志坚强如铁。

她那样的人有成瘾人格。你可不想也那样吧。

我们一星期都没见面。但星期一,我从路标①超市带着一加仑牛奶回家,听到一声,嘿小伙子。我转过身,她就在那里,出来遛她的狗儿们。她穿着黑色套头衫,黑色马镫裤,黑色旧运动鞋。我以为她出来会状态很糟糕,但她只是瘦了点,没法保持不动,她的手和脸都动个不停,像你得看着的孩子。

你还好吗?我一遍遍地问。她说,把你的手放在我身上。我们开始散步,说得越多走得越快。

摸吧,她说,我想感受你的手指。

她脖子上有一个嘴巴大的淤青。别担心,那个不会传染。

我能摸到你的骨头。

她大笑。我也能摸到。

如果我有半点脑子,我就应该按卡子说的做。抛掉那臭娘们。我告诉他我们在恋爱时,他笑了。我是胡话大王,他说,但你刚才的胡话打败了我。我的朋友。

我们在公路附近找到了一所空的公寓,把狗和牛奶放在外

---

① 美国一著名连锁超市。

面。你知道和你爱的人重逢会怎么样的。那感觉比过去还好，比所有时候都好。过后，她在墙上用口红和指甲油作画，棍子男人和棍子女人忙着搞。

那里面怎么样？我问。我和卡子一天晚上开车经过那里，看上去不咋样。我们按了好一阵喇叭，你知道，以为你能听见。

她坐起来看着我。眼神冰冷。

我们只是希望。

我打了几个女孩。她说，笨女孩。这真是个大错误。工作人员把我关进静默室。第一次关了十一天。后来又关了十四天。这类事情你没法忍受，不管你是谁。她看着她的画。我把我们全部的新生活都画进去了。你应该看见了。我们两个有孩子，一个蓝色大房子，还有各自的爱好，所有那些破玩意儿。

她用指甲划过我的体侧。那之后一星期，她又会要求我，其实是求我，跟我说我们可以一起做的有意思的事。过了一会儿我会打她，让血像虫子一样从她耳朵里流出来。但就在那时，在那所公寓里，我们装作我们是正常人。装作一切都很好。

坚　持

1

我生命的头九年中，是没有父亲的。他在美国，在那里工作，我认识他的唯一途径，是妈妈保留在一个塑料三明治袋子里的照片。袋子放在妈妈床下。因为铁皮屋顶漏了，我们所有的物品：衣服、妈妈的《圣经》、她的化妆品、所有吃的东西、姥爷的工具、我们的廉价木家具，都被水打湿了。多亏那层塑料袋，爸爸才有照片保留下来。

我想到爸爸时，想到的是一帧特定的小照。在美国入侵前几天拍的：1965年。我那时都还没来到世上。妈妈已经怀了第一胎，我那个永远都出生不了的哥哥，姥爷的眼睛还看得够清楚，足以保住一份工作。你知道我讲的是哪种照片：荷叶边，多呈浅褐色泽。照片背面有妈妈挤成一团的字迹，写的是日期、他的名字、街道（在我们家过去一条街）。他穿着警卫制服，棕色帽子斜扣在剃过的脑袋上，一支没点的香烟塞在唇间。他那幽暗平静的眼睛是和我一样的。

我不是经常想起他。他去美国时我四岁，但我一点都记不起来和他在一起的时候，因此我把他从我九年的生活中都去掉了。在我必须想想他的日子——不是经常有，因为妈妈再也不怎么说起他——他是照片里的士兵。他是一团雪茄烟，那气味在他留下的制服里还有迹可寻。他是我朋友们的爸爸们，街角玩多米诺骨牌的人的零星议论，是妈妈和姥爷的只言片语。我根本不了解他。我不知道他已经抛弃了我们，对他的等待不过是一种谎言。

我们住在国家公墓南边一所三间木结构的房子里。我们很穷。要说还能更穷，那只有住到乡下去了，或者去做海地移民了。妈妈常常用这个来作为对我们的一种残酷安慰。

至少你们还没住在乡下，不然只有吃石头的份。

我们不吃石头，但也吃不到肉和青豆。我们盘子里的所有食物都是煮的：煮木薯、煮大蕉、煮芭蕉，也许还有一片奶酪或一点鳄梨。最好的日子里，奶酪和大蕉是油炸的。我和拉法每年都惹上寄生虫，妈妈只有在饭食上节省出钱来才买得起驱虫药。我记不清有多少次蹲在茅坑上，牙关紧咬，看着灰白的长虫从两腿之间滑垂而下。

在毛里求斯·贝兹，我们的学校，孩子们不太招惹我们，即便我们买不起制服和正规的练习册。制服妈妈没辙，但她能即兴发挥，用从朋友们那里收集来的活页纸缝了练习册。我们每人有一支铅笔，如果掉了，像我有次那样，就得待在家里，直到妈妈帮我再借到一支。我们老师让我们和其他的孩子合用学校的课本，这些孩子不愿意看我们，我们靠近时，他们就屏住呼吸。

妈妈在大使巧克力工厂工作，十到十二个小时轮一班，几乎挣不到什么钱。她每天早上七点起床，我和她一道醒来，因为我从来不睡懒觉。她从铁水缸里打水上来时，我去厨房拿来了肥皂。水里总是有叶子和蜘蛛，但妈妈比所有人都善于舀到干净的水。她是个小个子女人，在水房里显得更娇小，她皮肤黑，头发直得令人惊讶，背上和腹部满是疤痕，是1965年导弹袭击时留下的。她穿着衣服时一条疤痕都看不到，但如果你拥抱她，你会感到它们硬硬地顶着你的手腕，还有手掌柔软的地方。

妈妈上班时，姥爷本来应该看着我们的，但他总是要去看望朋友或者带着他的捕鼠笼出去。几年前，街区的鼠害发展到失去了控制（那些家伙多得能把小孩抬走，姥爷告诉我），他自己动手做了个捕笼。一个终结者。他从来不把它交给任何人用，那是妈妈会做的事情。他唯一的条件是，钢条得由他来上。我见过这玩意儿切掉一根手指，他对来借用的人说，但实际上他只是喜欢找点事情做，好歹是份活儿吧。单在我们家里，姥爷就消灭了十几只老鼠，而在敦蒂的一所房子里，两个晚上的大屠杀统共除去了四十只那鬼东西。他两晚都陪着敦蒂那家人，重装捕笼，焚尸灭迹，回到家时，他咧嘴笑着，满头白发，妈妈说，你看上去就像出去胡闹过来着。

姥爷不在跟前，我和拉法为所欲为。拉法总是和他的朋友们出去玩，而我和邻居威尔弗雷多玩。有时我会爬树。街区里面没有一棵树我爬不上去的，有些日子里我整个下午都待在树上，街区的动态尽收眼底。爷爷在并且醒着时，他会跟我们讲过去的好日子，男人那时还可以靠农场养家，美国还不是人们计划着要去的地方。

妈妈太阳下山后才回家，这正是喝足了一天的酒量的邻居开始发酒疯的时候，妈妈总是请一个一起干活的人陪她回家。那些男人很年轻，有些还没结婚。妈妈让他们陪她走，但不让他们进屋。她用胳膊挡着门口，一边说再见，就是要做给他们看没人可以进来。妈妈可能有点瘦，这在岛上人看来是个缺点，但她很精神又会搞笑，这在哪里都难得。男人被她吸引过来。我在高枝上看到不止一个这样的家伙说过明天见后，走到街对面又停住，看她是不是在玩欲迎还拒的一套。妈妈从不知道那些男人站在那里。在满怀期待地望着我们家前门大约一刻钟后，

061

即便最孤独的男人也会戴上帽子回家了。

我们从来没法让下班后的妈妈做任何事情，包括做晚饭，如果她不先在摇椅里坐上一会儿的话。我们的事儿她一点都不想听，比如我们擦破了膝盖，谁说了什么。她只是坐在后院里，闭着眼，任虫子在她胳膊和腿上咬出小山似的包。有时我爬上番荔枝树，她睁开眼睛看到我从上面望着她笑，她又闭上眼睛，我就把小树枝扔到她身上，直到她笑起来。

2

当最后一张彩色票子飞出了妈妈的钱包，日子实在过不下去时，她就会收拾行李把我们送到亲戚那里去。她会借用威尔弗雷多爸爸的电话，一大早就在那儿打。躺在拉法身边，听见她轻柔和缓的请求，我会祈祷那天亲戚们对她说"你见鬼去吧"，但这在圣多明各是从来没有过的事情。

拉法总是去奥科阿和我们姨父同住，而我去博卡其卡的米兰达阿姨家。有时我们都去奥科阿。博卡其卡和奥科阿都不远，但我从来不想去。在爬上巴士之前，一般都要被哄上好几个小时。

去多久？我气呼呼地问妈妈。

不久。她许诺我，检视着我剃过的后脑勺上的痂，一星期，最多两星期。

那是多少天?

十天,二十天。

你会过得很好的。拉法告诉我,朝阴沟里唾了一口。

怎么知道?你是算命的?

是呢,他笑着说,我就是。

他不介意去任何地方。他那个年纪的人就想离开家,去结识那些不曾与他一起成长的人。

每个人都需要一个假期,姥爷乐呵呵地解释说。开心点,你要去的是水边。想想你可以吃到很多东西。

我从来不愿离开家。凭直觉我知道,距离是多么容易坚固起来,成为永远的阻隔。去博卡其卡的路上我总是很沮丧,没心情去注意大海,注意路边钓鱼或卖可可的小男孩,还有飞迸的浪头,凌空裂成一团碎银之云。

米兰达阿姨有一栋漂亮的砖房,木瓦屋顶,瓷砖铺地,她的猫在上面走不来。她有一套组合家具和一台电视机,还有运转正常的水龙头。她的邻居全都是政府里的人和做生意的人,你得走出三条街才能找到小卖部。就是那种社区。大海总在近旁,我大部分时间都下到海滩上和当地的孩子玩,在阳光下变黑。

阿姨和妈妈其实不是亲戚,她是我的教母,这是她时不时把我和哥哥接过来的原因。但没有钱。她从来不借钱给任何人,即便是她的酒鬼前夫。妈妈一定知道这一点,她从来没开口借过。阿姨五十上下,瘦如排骨,头发上已戴不住任何东西。她烫的波浪卷从来保持不过一星期,等不得她心血来潮,又冒出什么怪念头。她自己有两个小孩,叶妮芙和比恩韦尼多,但她对他们不像对我这么宠着。她的嘴总是在说我,吃饭时她望着我,就像等着毒药药性发作一样。

我肯定你有时间没吃过这个了,她说。

我摇摇头,叶妮芙会说,让人家自己吃,妈妈。她十八岁,染了头发。

阿姨还有一种偏好。通常她喝下一小杯布吕加尔朗姆酒后,就会发表针对爸爸的既精辟又晦涩的一句话评价。

他拿走太多了。

要是你妈妈早点注意到他的本质就好了。

他应该来看看他留了什么给你们。

那些个星期过去太快了。晚上我下到水边,想要独自一人,但那是不可能的。游客们在那里拿自己耍宝,而罗汉们等在一旁准备打劫他们。

三个玛利亚①,我指着天空对自己说。那是我唯一认识的

---

① 即猎户座腰带三星:参宿一、参宿二及参宿三的俗称。

星座。

然后有一天，我游完泳走进房子，妈妈和拉法在客厅里，手里拿着装有甜柠檬奶的玻璃杯。

你们来了。我说，掩饰着声音里的兴奋。

我希望他能规矩点。妈妈会对阿姨说。她剪了头发，涂了指甲油，穿着每次出门都穿的那条红裙子。

拉法笑着拍拍我的肩膀，他比我上次见他时黑了。你怎么样，尤尼奥？你想我吗？

我会挨着他坐下，他会用胳膊绕着我，我们一起听阿姨告诉妈妈我有多么规矩，我吃了什么什么东西。

3

爸爸来接我们的那年，我九岁。那时我们没有任何期待。毫无迹象可言。那时节多米尼加巧克力的需求量不是特别大，波多黎各工厂主们就临时性地把工人解散几个月。这对厂主们是好事，对我们却是灾难。从那以后，妈妈一直待在家里。不像拉法，他把劣迹藏得很好，我总是陷入麻烦。从拳打威尔弗雷多到把别人家的母鸡追得背过气去。妈妈不爱用揍的，她喜欢让我面壁跪鹅卵石。信到的那天下午，她抓到我在用姥爷的弯刀戳我们的芒果树。回到角落去。姥爷本应看着我，让我跪满十分钟的，但他忙着削木头，懒得管。三分钟时他让我起来，

065

我藏到卧室里，直到他用妈妈听得见的嗓门说，好了。然后我就去到烟房，揉捏膝盖，妈妈在剥大蕉，她抬起头来。

傻小子，你学着点，不然得跪一辈子。

我看着一天到晚下个不停的雨。不，我不会。我对她说。

你敢回嘴？

她猛抽我的屁股蛋，我跑到外面去找威尔弗雷多。我在他家屋檐下找到了他，风把一些雨点甩到他黑黑的脸上。我们郑重其事地握手。我叫他穆罕默德·阿里，他叫我辛巴德。这是我们的北美名字。我们都穿着短裤。一双快散架的凉鞋钩在他的脚趾上。

你手里是什么？我问他。

船，他说，举起他爸爸为我们叠的纸三角，这个是我的。

赢了的人有什么？

一个金奖杯，这么大。

好的，笨蛋，我来。别在我前面放手。

好的，他说，跨到水沟的另一边。

直到街角我们都畅通无阻。没有车停在我们旁边，除了一辆被淹的"君主"，但它的轮胎离路沿石有一段距离，足够我们通过。

我们赛了五趟，注意到有人把他们的破摩托停在了我家门口。

那是谁？威尔弗雷多问我，把他湿透的小船又投到水里。

我不知道，我说。

去看看。

我已经在路上了。没等我走到前门，摩托车车主就出来了。他飞快地上了车，绝尘而去。

妈妈和姥爷在后院，说着什么。姥爷很生气，紧攥着他那双砍蔗人的手。自从那次他的货车被两个过去的雇工偷走以来，我很久没见姥爷这样怒发冲冠的样子了。

出去，妈妈对我说。

那是谁啊？

我跟你说什么了吗？

是我认识的人吗？

出去，妈妈说，那声音像要杀人。

出什么事了？见我出来，威尔弗雷多便问我。他又开始流鼻涕了。

我不知道，我说。

一小时后拉法才现身，打完一场台球，晃悠着过来了，我已经试着和妈妈还有爷爷说了五次。最后一次，妈妈照着脖子给了我一巴掌，威尔弗雷多说他能看见我皮肤上她的手印子。

我把这些都告诉了拉法。

这听起来不妙。他扔掉快抽完的烟头。你在这等着。他往后院走去,我听见他的声音,接着是妈妈的。没有叫喊,没有争吵。

过来,他说。她想让我们到房间里去等。

为什么?

她是这么说的。你想让我对她说不?

别,她都气疯了。

就是。

我跟威尔弗雷多击了一下掌,和拉法一道走进前门。怎么回事啊?

她收到一封爸爸的信。

是吗,里面有钱吗?

没有。

信上说什么?

我怎么知道?

他在自己那边床上坐下来,拿出一包香烟。我看着他演示那精妙的点烟动作——手指一翻,纤细小雪茄便夹到了嘴唇里,然后大拇指娴熟地一按,火就打着了。

你从哪弄来的打火机?

我女朋友给我的。

让她给我一个。

这里。他把它向我一抛。你闭嘴就能得到。

是吗?

瞧,他伸出手接住了它。你已经失去了机会。

我闭上嘴巴,他坐回到床上去了。

嘿,辛巴德。威尔弗雷多的脑袋出现在我们窗户里,怎么回事啊?

我爸爸来信了!

拉法敲了敲我的一边脑袋。这是家事,尤尼奥。别到处乱说。

威尔弗雷多笑了。我不会告诉任何人的。

你当然不会,拉法说,因为你要是敢,我就把你脑袋剁下来。

我试着等待。我们的房间只是姥爷用木板在房子里隔出来的。妈妈在一个角落里放了个神坛,上面放着蜡烛,一支放在石头研钵里的雪茄,还有一杯水,两个我们永远不能摸的玩具士兵。床的上方悬挂着我们的蚊帐,像网一样撒下来。我躺了回去,听着雨水冲刷我们的铁皮屋顶的声音。

妈妈做了晚饭,看着我们吃下去,然后命令我们回房间。

我从来没见过她这样面无表情，如此严厉，我想抱她但她把我推开了。到床上去，她说。回来听着雨声，我一定是睡着了，因为醒来时，拉法正忧郁地看着我，外面天黑了，家里没有别的人醒着。

我看过信了，他悄悄地对我说。他叉着腿坐在床上，幽暗中胸前肋骨历历可数。爸爸说他要来了。

真的？

别信。

为什么？

这也不是他头一次许下这样的承诺了，尤尼奥。

哦，我说。

外面特哈达女士开始自顾自唱起歌来，很难听。

拉法？

嗯？

我不知道你认字。

我九岁了，还不会写自己的名字。

嗯，他安静地说。我碰巧学到的。现在睡觉吧。

4

拉法是对的，这不是第一次。走后两年，爸爸来信对她说他就要来接我们了，妈妈像个白痴一样信了他。一个人过了两年后她什么都会相信。她把他的信给所有人看,还和他通了电话。他不是那么容易找到的,但那次她打通了,他让她确信,是的,他要来了。他的话就是他的保证。他甚至还和我们通了话,拉法还隐约记得一点,啰里啰唆地说他多么爱我们,要我们照顾好妈妈之类。

她准备了一个聚会,甚至还牵来一头山羊到时候宰了吃。她给我和拉法买了新衣服。但他没来,她让所有人回去,把山羊卖还给了它的主人,然后就差点崩溃了。我记得那一个月的沉重感,沉重无比。当姥爷设法找到他的电话号码时,他已经离开了,以前和他住的那些人里面没有人知道他去哪里了。

我和拉法不停地问她,我们什么时候去美国,爸爸什么时候来,这于事无补。我据说是几乎每天都想看他的照片。我很难想象自己会那样,疯狂地想爸爸。她拒绝给我看照片,我就到处打滚,像身上着火了似的。我还尖叫。即便还只是个小孩,但我的声音也比大人的传得更远,能让街上的人纷纷回头。

妈妈先是用巴掌抽我,想让我安静下来,但这不起什么作用。然后她就把我锁在房间里,哥哥叫我冷静点,但我摇摇头,叫得更响。我是无法安慰的。我学会了撕自己的衣服,因为这是我唯一能做到的让妈妈心痛的事情。她把我所有的衬衫都拿出了房间，只剩下短裤，徒手很难撕破。我从墙上拔了根钉子，在每一条上戳了十几个洞。最后拉法拍了拍我，他说，够了，你个小娘炮。

妈妈很多时间都待在外面，上班或是下到海堤上，在那里看着海浪在岩石上撞成碎片，男人会给她烟，她默默地抽着。我不知道这样子持续了多久。几个月，也许是三个月。然后，初春的一个早晨，罂粟花如火绽放，我醒来发现姥爷一个人在家里。

她走了，他说，你想怎么哭就怎么哭吧。顽皮头。

我后来从拉法那里知道她去了奥科阿和朋友们在一起。

妈妈离开的那段时间从来没被提起过，那时和现在都没有。五个星期后她回到我们身边时，更瘦更黑了，手上长满了茧子。她看上去更年轻了，就像十五年前刚来圣多明各，一心想结婚的那个女孩。她的朋友们过来，坐着说话，有人提到爸爸的名字时，她的眼睛就黯淡下去，大家不再说他时，她眼珠就又变黑了，她会大笑，像小小的雷鸣，荡涤着空气。

她回来后对我不坏，但我们不再那么亲密了。她不再叫我小黑子，下班不再给我带巧克力。这样似乎很适合她。我也还小，不在意她的拒绝。我还有棒球和哥哥。我还有树可爬，有蜥蜴可以撕扯。

5

收到那封信后的一星期,我从树上观察妈妈。她烤奶酪三明治装在纸袋里给我们做午饭,煮木薯做晚饭。我们的脏衣服在外屋旁边的水泥渠里被捶洗干净。每次她觉得我在树枝上爬得太高时,就把我叫下来。你又不是蜘蛛侠,你知道,她说,用指关节敲我的脑袋。下午威尔弗雷多的爸爸会过来玩多米诺牌,谈论政治,她和姥爷陪他坐着,被那些乡下故事逗得哈哈大笑。在我看来她已经正常多了,但我还是小心着不触发她。她的举止当中还是有一种东西像火山一样潜藏着。

星期六一场迟来的飓风从首都旁经过。第二天大家都在说冲垮海堤的浪头有多高。一些孩子失踪了,被卷到海里去了。姥爷听到这件事时摇了摇头。你应该想大海从此厌恶我们了,他说。

星期天妈妈把我们都叫到后院。我们今天休假。她宣布说。今天是我们的家庭日。

我们不需要放假,我说。拉法打了我一下,比平常要狠。

闭嘴,行吗?

我想打他还礼,但姥爷抓住我们两个的胳膊。别让我把你们的脑袋敲开,他说。

她穿戴齐整,盘起了头发,甚至还叫了辆出租,没让我们去挤巴士。我们等着的时候，司机用毛巾把座位擦了擦。我对他说，那看起来不脏。他说，相信我，傻小子，是脏的。妈妈看上去很漂亮，许多经过的男人都想知道她去哪里。虽然看不起，我们还是看了场电影。《五毒》①，那时候电影院里只放功夫片。我坐在妈妈和姥爷中间。拉法挪到后面，和一群抽烟的小孩坐在一起，和他们争论着里赛伊队②的某个棒球选手。

看完电影妈妈给我们买了刨冰，我们边吃边看着蝾螈在海边岩石上爬来爬去。海浪很大，乔治·华盛顿都给淹了一部分，汽车在水里慢吞吞地游动。

一个穿着红色正装衬衫的男人在我们面前站住。他点了一支烟，面朝妈妈，领子被风刮得竖了起来。你从哪里来？

圣地亚哥，她回答。

拉法鼻子嗤了一下。

那么你们一定是来看亲戚的。

是的，她说。我丈夫的家人。

他点点头。他黝黑皮肤，脖子和手上有淡色斑点。他把烟送到嘴边时，手微微颤抖。我希望他的烟掉下来，这样我可以看它掉到海水里会怎样。我们等了足有一分钟，他才说早安，

---

① 1978年港产功夫片。
② 多米尼加一支著名职业棒球队。

然后走开了。

多么疯狂，姥爷说。

拉法举起他的拳头。你应该给我一个信号。我会用功夫拳打他的头。

你爸爸的出场要比这好很多，妈妈说。

姥爷低头望着自己的手背，望着覆盖在上面的白色长毛。他看上去有点尴尬。

你爸爸问我要不要抽烟，然后给了我一整包，向我显示他是个大男人。

我攀着栏杆。在这里？

哦不，她说。她转过身来远眺着车流。那部分城市已经不存在了。

6

拉法过去常常想象他会在晚上来到，像耶稣，某天早上我们会在早餐桌边见到他，没刮胡子，微笑着。真切到难以置信。他应该变高了，拉法预测说。北美食物会让人长个。他会开上一辆德国车，在路上让下班回家的妈妈大吃一惊。对送她回家的男人他一句话都没搭理。她不知道说什么好，他也不知道。他们会开去海堤，他带她去看电影，因为他们就是这么相遇的，现在他想以同样的方式开始。

我想要从树上看见他来。一个男人，摆动着双手，眼睛和我的一样。手指上戴着金戒指，脖子里喷着古龙水，丝绸衬衫，优质皮鞋。整个片区都出来迎接他。他会亲吻妈妈和拉法，并握住姥爷迟疑的手。然后他会看见在所有人后面的我。这家伙怎么了？他会问，妈妈会说，他不认识你。他蹲下来，露出淡黄的正装袜，他的手抚摸着我头上和胳膊上的疤痕。尤尼奥，他终于说道。一张满是胡碴的脸对着我，大拇指在我的脸颊上抹了个圆。

沉　溺

妈妈告诉我贝托在家，并等着我说点什么，但我只是接着看电视。等她上床后，才穿上外套，晃过小区去瞧个究竟。他现在是个同志，可两年前，我们是朋友，他不敲门就走进公寓，粗粝嗓门能把房间里沉浸于西班牙语里的妈妈唤起，把我从地下室拽上来，变了声的嗓音让你想起叔叔和爷爷们。

我们那时玩得正野，做起事来很疯狂，偷东西，砸窗户，在别人的台阶上小便并挑衅他们出来阻止我们。贝托那个夏天结束时要离开去上大学，一想到这个他就欣喜若狂。他厌恶这里的一切，破烂的建筑，一小条一小条的青草，垃圾箱边和垃圾场上一堆一堆的垃圾，尤其是垃圾场。

我不知道你怎么能受得了，他对我说。我会随便在一个地方找个工作好走掉。

是啊。我说，我不像他。我还要再上一年高中，没有去别处的前景。

白天我们在商场里或外面停车场上玩棍球。夜晚是我们期待的。公寓里的热气沉闷滞重,像进到屋里来的等死之物。一家人都坐到了门廊上,电视的光在砖墙上泼出一片蓝色。从我家公寓可以闻到梨树的味道,几年前栽的,一个院子里四棵,很可能是为了防止我们窒息。什么都过去得很慢,日光也是慢慢隐退。一等夜幕笼罩,我和贝托便朝社区中心赶去,跳过篱笆,下到游泳池里。我们从不孤单,所有长了脚的孩子都在那儿。我们从跳板上扎下去,游到深水区那头钻出来,四处游荡打闹。到了半夜,头发上缠着长长尖尖的发卷的奶奶们就会从公寓窗户里喊我们:浑小子们!回家!

我经过他的公寓,但窗户是暗的。我把耳朵贴近破损的门上,只听到空调熟悉的嗡鸣。我还没想好是否和他说话。我可以回家去吃晚饭,两年会变成三年。

即便隔着四条街,我也能听见水池里的喧嚷,还有收音机,我想我们过去是否也这样大声。其实没什么改变,刺鼻的氯气味,警卫亭上炸开的瓶子。我用手指钩住裹着塑料外壳的飓风挡栏。我有种感觉他会在那里。我跳过围栏,趴在青草和蒲公英上时,感觉自己很傻。

摔得漂亮,有人叫道。

×,我说。我不是这里最大的一个,但也很接近了。我脱掉衬衫和鞋，切入水中。许多小孩是过去和我一起上学的那些人的小弟弟。有两个从我身边游过，一黑一拉美，他们停下来是看到了我，认出来我是那个卖毒品给他们的家伙。瘾君子有他们自己的人，卢瑟罗，还有一个家伙从佩特森开车来，是这片唯一的全职通勤人员。

水感觉很舒服。从深水区开始，我在滑溜溜的瓷砖池底上滑行，不弄出一点泡沫和水花。有时另一个人从我身边翻腾游过，感觉到的只是水的一阵搅动，而不是身体。我还能游得更远而不用冒上来透气。上头的一切明朗而喧闹，下面却是一派低语。而且上来总是有风险的：正好看到警察的探照灯射过水面。于是所有人都跑起来，湿脚板拍在水泥地面上，边跑还边带喊的：滚蛋，长官，基佬，娘娘腔，滚蛋。

累了我就涉水去浅水区，经过一些正在和女朋友接吻的小孩，他们望着我，似乎我打算插入他们之间一样。我坐在标牌旁边，泳池在白天就靠着牌子管理。禁止打闹，禁止奔跑，禁止大便，禁止小便，禁止咯痰。牌子底下有人加了些歪歪扭扭的字：禁止白人，禁止肥妞。别的什么人还给添上了那个丢失的C。① 我大笑起来。贝托以前不知道"咯痰"②的意思，虽然他

---

① "肥妞"的原文是"fat chiks"，丢失的"c"是"chicks"中的字母。
② 原文用的是"no expectorating"，比"no spitting"更正式一些，也生僻一些。

079

是要离开去念大学的人。我告诉了他,一边在泳池边上吐了一口绿色浓痰。

见鬼,他说,你从哪里知道的?

我耸耸肩。

告诉我。他不喜欢我知道什么而他不知道。他把手放到我肩膀上,把我按进水里。他戴着一个十字架,穿一条剪掉一截的牛仔裤。他比我强壮,我被按得鼻子和嗓子里都进了水。即便那样我也没告诉他。他以为我不会看书,查字典都不会。

我们单独居住。妈妈的钱足够付房租,买日常百货,我交电话费,有时还有有线费。她大部分时间都很安静,以至于我发现她在家时会吓一跳。我进到一个房间,她会动一动,身体离开了开裂的灰泥墙,离开斑驳的橱柜,恐惧会像电线一样穿过我。她掌握了安静的诀窍:一点不溅地倒咖啡,像滑行在毡垫上一样穿过房间,不出声地哭泣。你去过东方,学了一些秘技。我对她说。你就像个影子武士。

你像个疯子,她说,一个大疯子。

我进去时她还醒着,正在用手从裙子上摘去小线球。我在沙发上垫了块毛巾,我们一起看电视。我们选定在西班牙语新闻频道:戏剧性的归她,暴力的归我。今天一个小孩从七层楼上摔下来，却还活着，除了尿布什么都没破。歇斯底里的保姆，重约三百磅，正霸着麦克风。

简直是天大的奇迹啊！她喊道。

妈妈问我是否找到了贝托。我告诉她我没去找。

这太不应该了。他告诉我他可能要去一所学校学商业。

那又怎么样？

她从来不理解为什么我们再也没什么话好说。我曾经试图解释，说什么都会改变，看得很透似的，但她认为这类说法的存在，只是为了等着被证伪。

他问我你怎么样。

你怎么说的？

我告诉他你很好。

你应该跟他说我搬出去了。

他要撞上你怎么办？

我难道不可以来看妈妈？

她注意到我胳膊收紧了。你应该学学我和你爸。

你没看见我在看电视？

我那时很生他气不是？可现在我们也可以讲讲话了。

我这是在看电视还是做什么？！

星期六她要我带她去购物中心。作为儿子我觉得这上面欠她很多，我们俩都没辆车，得走上两里路，穿越红脖子[1]居住区，去坐 m15 路巴士。

出门前，她拽着我在公寓里穿梭，检查窗户有没有关好。她够不到插销，所以要我去测试。因为开空调，我们从来不开窗，但我还是走完了这套程序。把手放到插销上还不够，她一定要听到喀哒响声。这里不安全。她对我说。洛雷娜懒了一下，你看他们对她做了什么。他们揍她，把她锁在自己家里。那些深色男[2]吃光了她所有的食物，还打电话。电话！

这是我们没用长途电话的原因。我跟她说，她摇了摇头。这可不是好玩的。她说。

她不太出门，所以一旦出门就是件大事。她穿衣打扮了一番，甚至还化了点妆。这是我为什么没有反对带她去购物中心的原因，即便我的买卖星期六一般能赚很多钱，我卖给那些去贝尔玛[3]和云杉公园[4]里的小孩。

我认识这巴士上半数的小孩。我用帽子遮住脸，祈祷不要有人过来买东西。她看着外面的车流，手插在皮包里某处，一言不发。

---

[1] 指脖子晒得红红的美国南方贫苦农民。
[2] 肤色深暗的男人，尤指拉美裔。
[3] 新泽西州一小自治市，是繁华商区。
[4] 新泽西州一处群山环湖的旅游胜地。

我们到了购物中心,我给她五十元钱。买点什么,我说,一边憎恨着脑海中浮现出来的她的样子:在货筐里挑来拣去,把什么都弄得皱巴巴的。以前,爸爸会在每年夏天结束时给她一百元帮我们买新衣服,她差不多要一个星期才能花掉它,但买来的也不过几件衬衫和两条牛仔裤。她把票子折成方形。三点钟见。她说。

我在商店里游荡,待在收银员的视线范围里,这样他们没有理由盯着我。这巡游路线从我们的劫掠年代开始就没有变过。书店,唱片店,漫画书店,梅西百货。我和贝托过去在这些地方疯狂地偷东西,每次两三百元地偷。我们的方法很简单——拿着个购物袋走进一家商店,装满东西再出来。那时保安不如现在这样严格。只要在出口玩点小把戏就可以。我们在商店出口前站住,付款买几样不值钱的东西,免得人家怀疑。你觉得怎样?我们问对方,她会喜欢吗?我俩都见过很蹩脚的扒手干活。抓起来就跑那种,不可能没麻烦。我们不是这样。我们慢悠悠地走出商店,像七十年代的肥胖老爷车。贝托最精于此道。他甚至和中心保安说话,向他们问路,他的包鼓鼓囊囊,我呢,站在十尺开外,差点没吓尿。他搞完后笑笑,扬起包来打我。

你别这样胡来了,我说,我可不想为了这档子事进监狱。

你不会因为行窃进监狱，他们只会把你交给你老子。

我不知道你，我爸爸打起我来狠着呢。

他大笑。你知道我爸爸，他手是弯着的。那老黑有关节炎。

妈妈从没怀疑过我，即使我的衣服衣橱都装不下了。但爸爸不是那么好蒙。他知道什么东西值什么价钱，也知道我没有固定工作。

你会被抓住的，他有天对我说，等着瞧。等你被抓了，我会给他们看你拿的所有东西，他们扔你这个蠢货就像扔块臭肉一样。

我爸爸，他很有魅力，是个真正的混蛋，但他是对的。没人能永远顺手，尤其像我们这样的小孩。有天在书店里，我们甚至都懒得藏起赃物。四本同一期的《花花公子》可以用来找点乐子，有声书足够我们开个图书馆。我们也懒得做假动作。站到我们前面的女士看起来不老，即便头发是白的。她的丝绸衬衫半敞着，项链的银角吊坠贴着长有雀斑的胸。对不起小伙子们，我得检查一下你们的包。她说。我继续往前走，生气地回头看，似乎她在问我们要两角钱还是什么。贝托有礼貌地停了下来。没问题，他说，把重重的包拍在她脸上。她惊叫一声倒在冰冷的地砖上，两手撑地。去你的，贝托说。

保安在巴士车站对面一辆切诺基吉普下面找到了我们。一辆巴士来了又走了。我们俩都吓得不敢去坐,怕会有个便衣等在那里,上来就把我们一铐。我记得当时那个保安用警棍敲着挡泥板,说,你们两个小坏蛋最好慢点从这里出来,我开始大哭。贝托一语不发,脸色铁青,脸拉得老长。他用手捏我的手,我们的手指骨紧贴着。

还有我和亚历克斯、丹尼一道喝酒的那些晚上。马里布酒吧不怎么样,只有一些猥琐男和邋遢女可以哄过来一起玩。我们喝高了,冲着对方咆哮,让那个精瘦的服务生往电话边靠了靠。墙上挂着一个软木靶盘,一张布隆斯威克金王冠台球桌堵住了卫生间,减震器都扁掉了,毡面像老化的皮肤一样松弛,拉得起来。

酒吧开始像伦巴舞一样前摇后晃时,我便打道回府,穿越公寓周围的场地。你能看见远处的拉里坦河,像蚯蚓一样闪着亮光,那也是我的邻居男孩们上学要经过的河。垃圾场早就关闭了,杂草遍地,像一层蔫蔫的纤细毛发,我站在那里,右手将一条无色的小溪导向地面,填埋场可以被当成一方白色头顶,宽广而古老。

早上我跑步。妈妈已经起来了,穿着做家务洒扫的衣服。她没说什么,她宁愿指着做好的蕉泥饼,也不开口。

我轻松地跑过三英里,心情好的话能跑四英里。我用余光瞟着那个开着他的小车在我们片区巡回的征兵员。我们以前说过话。他没穿制服，把我叫过去，很和蔼的样子，我想我是在给某个白傻瓜指路呢。不介意我问你一个问题吧？

不。

你有工作吗？

目前没有。

你想有吗？一个真正的职业，比起你在这儿能找到的那些来。

我记得我往后退了一步。得看是什么了，我说。

孩子，我知道有人在招聘。是美国政府。

哦。对不起，我不是当兵的料。

我过去也是这么想的，他说，十个圆胖的手指掩埋在裹了套子的方向盘里。可现在我有了房子、车子、枪和老婆。纪律，忠诚。你能说你有这些东西吗？哪怕是一样？

他是个南方人，红头发，他的拖音太长，这里的人听见他说话就笑。我看见他的车子在路上，就往灌木丛跑去。这些天我心情低落，勇气涣散，我想离开这里。他不必给我看他的沙漠之鹰手枪，或亮出那些菲律宾苗条妓女的照片。他只要笑一笑，列举那些地名，我就会听。

我回到公寓，倚在门上，等心跳慢下来，等酸痛缓过劲去。

我听见妈妈的声音，从厨房传来的低语。她听上去很受伤，或是很紧张，也许两者都有。起先我大为惊慌，怕是贝托在里面和她讲话，但后来我看见了电话线，悠悠荡着。她在和爸爸说话，她知道我不赞成这样。他现在在佛罗里达，一个伤心的男人，打电话给她想要点钱。他发誓如果她搬过去，他会离开他现在同居的那个女人。这是谎言。我告诉她。但她还是给他打电话。他的话盘踞在她心里，搅了她好几天的睡眠。她轻轻打开冰箱门，这样压缩机的声音能遮盖他们的谈话。我走进去到她身边，挂上电话。够了，我说。

她吓了一跳，手搓弄着脖子上的褶子。是他，她轻声说。

上学的日子里，贝托和我一起在车站晃悠，车一过帕克伍德山，我就想到了我的体育如何不及格，数学如何一团糟，我如何痛恨这星球上每一个活的老师。

下午见，我说。

他已经排队去了，我往后一退，咧嘴笑着，手插在口袋里。在我们的巴士司机面前你不用躲藏。他们中有两个人根本就不闻不问，第三个，那个巴西牧师，正忙于谈论《圣经》，除了他前面的车流，什么都注意不到。

没有车却逃学不是件容易的事情，但我做到了。我看了很久电视，腻味了便跑去购物中心或塞拉维勒图书馆，在那里你可以免费看老纪录片。我总是很迟才回到小区，这样巴士就不会在恩斯顿超过我，没有人会从车窗里大喊"混蛋！"。贝托总是在家，或者在秋千旁，但有时他哪儿都不在。去其他小区访友了。他认识很多我不认识的人——一个麦迪逊公园区的混血小黑孩；在纽约俱乐部崭露头角的两兄弟，把钱都花在松糕鞋和皮背包上。我在他父母那里留下口信，然后又去看电视。第二天他来到车站，忙着抽烟，没工夫说什么昨天的事情。

你要学会行走世界，他对我说。外面很精彩。

有的晚上，我和伙伴们开车去新布隆斯维克。一个漂亮的城市，拉里坦河很浅，淤泥填塞，你不是耶稣也能走过去。我们来到梅洛迪和罗克西夜总会，盯着女大学生瞧。没有女孩和我们跳舞，但是一瞥一摸就能让我们说上几小时。

夜总会一关门，我们就去弗兰克林餐馆，大嚼煎饼，然后，抽完了袋子里的东西，就回家。丹尼在后座上晕过去了，亚历克斯摇下车窗，让风吹进眼睛。他过去睡着过两次，撞坏过两辆车。街上没有了大学生和当地居民，我们冲过路上的每一盏灯，不管红绿。在旧桥高速上，我们经过了同志吧，那里似乎从不关门。停车场上全是男同志，喝着酒聊着天。

有时亚历克斯会在路边停下来，说，见谅。如果有人从酒吧里走过来，他会用他的塑料手枪指着他们，只是为了看看他们会跑还是会兴奋。今天晚上他只是把头伸出窗外。×你！他大喊，然后大笑着坐回来。

有新意，我说。

他又把头伸出窗外，然后吃我！

恩，丹尼在后座上咕哝，吃我。

有两次。是的。

第一次是在那年夏末。我们刚从泳池回来，在他爸妈的公寓里看一个黄色录像。他爸爸很迷这种带子，从加利福尼亚和大急流市[①]的批发商那里订购。贝托曾经告诉我，他爸爸大白天在那看录像，他妈妈在厨房里，用几个小时的时间煮一锅木豆饭，他爸爸半点都不关心他妈妈。贝托会坐下和他爸爸一道看，两个人都一句话不说，只是在看到有人被抓个现行的时候才哈哈大笑。

我们在看一个新片子，那玩意儿看起来像是在隔壁公寓里拍的，看了大概一小时，他的手伸进了我的短裤里。你搞什么

---

① 美国密歇根州一城市，消费性物品制造业发达。

鬼？我问，但他没停。他的手干干的。我眼睛盯着电视，吓得不敢看。我一下子就到了，流到了塑料沙发套上。我的腿开始发抖，忽然想出去。我走的时候他什么都没说，只是坐在那里看着屏幕。

第二天他打电话来，听到他的声音时我很冷静，但我不想去购物中心和任何别的地方。我妈妈感觉到有什么不对劲，追着我问。我对她说别烦我，我爸爸正好在家，过来看我们的。他从沙发上站起来一巴掌把我扇倒在地。我大部分时间都待在地下室，非常害怕自己会变得不正常，变成一个同志，可他是我最好的朋友，那时对我来说比什么都重要。正是因为这一点，我那天晚上出了公寓，来到池边。他已经在那里了，水下他的身体苍白而松软。嘿，他说，我在为你担心呢。

没什么好担心，我说。

我们游着，但没说什么话，后来我们观看一帮天顶区的家伙扯掉了一个女孩的比基尼胸罩。那女孩一个人敢来这里晃悠，也是够蠢的。给我，她说，护住自己，可那些孩子号叫着，把它举过她头顶，闪亮的带子在她够不到的地方翻飞。他们开始拉扯她的胳膊，她走开了，他们就在那里把胸罩往自己扁平的胸肌上扣。

他把手放在我肩膀上，我的脉搏在他掌心下成为一种信号。

我们走吧，他说，除非你感觉不好。

我感觉很好，我说。

因为他爸妈上夜班，这地方直到第二天早上六点都是我们的。我们坐在电视前，围着浴巾，他的手撑在我小腹和大腿之间。你不喜欢我就会停的，他说，但我没回答。我到了之后，他头枕着我的膝盖。我似睡非睡，似醒非醒，停留在一种中间状态，缓慢地前后摇动，就像海浪将漂浮的垃圾向岸边推送，一遍遍将它卷起。再过三星期他就要走了。没有人能碰我，他不停地说。我们已经去参观过那学校，看见了那儿有多美，所有的学生都从宿舍流向教室。我想起高中的时候，每次有航天飞机从佛罗里达升空时，我们老师喜欢把我们召集到他们的休息室。其中一个老师，有两个语法学校是以他家姓氏命名的，他把我们比作航天飞机。你们中只有少数人会成功。那些人是轨道飞行器。但大多数人都会被燃烧掉。哪儿都到不了。他的手落到桌子上。我能看见自己在下降，消解，大地在我下面展开，坚硬而明亮。

我闭上眼睛，电视开着，忽然门厅的门被撞开了，他跳了起来，我手忙脚乱拉上短裤，差点没把小弟弟弄折了，只是邻居，他说，笑起来。他在笑，可我说，见鬼，穿上了衣服。

我相信我看见他在他爸爸快报废的凯迪拉克里，正往高速上去，但我不能肯定。他很可能已经回学校去了。我在家附近交易，在小孩们喝酒抽烟的同一条死胡同里巡回。这些朋克们和我开玩笑，在我身上搜窃听器，有时拍得太重了。现在 9 号干线旁建起了美食购物街，许多人都有了兼职工作。小孩们穿着围裙，站在一起吸烟，名字牌从口袋里沉重地挂下来。

我回到家时，运动鞋脏了，于是拿了把旧牙刷刷鞋底，把泥土都刮到盆里，妈妈已经打开了窗户，撑着门，天够凉了，她说。她已经准备好了晚饭——米饭和青豆、炸奶酪、芭蕉炸糕。瞧我买的，她说，给我看两件蓝 T 恤。他们买一赠一，所以我就帮你买了一件，试试。

衣服有点紧，但我不介意。她打开电视。一个译成了西班牙语的电影，经典，人人都知道的。演员们把自己颠来扑去，很是热烈，但言语乏味而做作。很难想象在生活中有人会像这样。我从口袋里拔出一卷钱。她从我手上接过，用手指抚平折痕。这样对待钱的人没资格花它，她说。

我们看着电影，在一起的这两小时让我们变得友好了。她把手放到我手上。电影快放映完了，正当主人公要在一片弹雨中倒下时，她取下了眼镜，揉起了太阳穴，电视的光在她脸上闪烁。她又看了一分钟，然后下巴垂到了胸前。几乎是立刻，她的睫毛颤动起来，一个沉默的信号。她在做梦，梦见博卡拉顿，梦见和爸爸一起在蓝花楹树下散步。你永远哪里都去不了，这是贝托说过的，我送他走那天，他这么对我说。他递给我一样礼物，一本书。他走后我把它扔了，都懒得打开一下看他写了什么。

我让她睡到了影片结束。我叫醒她时她摇了摇头，做了个怪脸。你最好检查一下窗户，她说。我答应她我会。

男朋友

我应该当心一点草药[①]的。它令大部分人兴奋错乱，却让我梦游。你知道不，我在楼道门廊里醒来，感觉像是被高中时的游行乐队踩踏过一样。要不是楼下公寓里的人凌晨三点大吵其架，我肯定会在那里躺上一整晚。我晕得厉害，动不了，起码没法立刻走开。男朋友正想法唬弄女朋友，说他需要空间。而她这样回：混蛋，你要的空间我全都给你。我了解一点那个男的。我在酒吧见过他，还有几个女孩，她不在时他常带她们回家。他只是需要更多的空间来劈腿。很好，他说。可每次他走到门边，她就开始大哭，说，你怎么会这么做？他们听上去很像我和我过去的女友洛芮塔，但我暗自发誓不会再想她，即便，城里每个克里奥佩特拉式的女人都会让我停下来，盼着她能回到我身边。男朋友出到门廊上时，我已经在公寓里了。女朋友

---

① herb，俚语，即大麻。

没有停止哭泣。她顿了两下，一定是听到了我就在她上面走动。每次我都屏住呼吸，直到她又开始大哭。我跟随她进了浴室，我们俩被一层地板、一些电线和管道分隔。她不停地说，该死的混蛋，一遍一遍地洗脸。要不是我如此熟悉这场景，一定会心碎的。我想我对此类事情已经麻木了。我心上长出了皮层，就像海象有了脂肪。

第二天我把这事告诉了我的朋友哈罗德。他说这对她太残酷了。

我想是的。

要不是我自己也有女人的麻烦，我会说，让我们过去安慰一下那小寡妇吧。

她不是我们一类人。

见鬼，是的。

邻居女孩对我们这样的傻帽来说，太美太有品位。从来没见她穿过T恤，或者不佩戴珠宝。她男朋友呢，忘了他吧，那小黑可以做模特。见鬼，他们都可以做模特，很可能他们就是，我从来没听到他们之间说到过一个和工作或老板有关的字眼。他们这样的人对我们来说遥不可及，他们生长在别的星球，又被移植到我的生活区域附近，来提醒我自己活得有多么悲惨。更糟糕的是，他们相互之间经常说西班牙语。我的女朋友没一个讲过西班牙语，即便来自波多黎各的洛芮塔也装腔作势。对我来说，最近似于此的事是那深色妞在意大利待过三年。她喜欢讲那时的事，说，她和我好，因为我让她想起她认识的那个西西里男人，这是我为什么再也没打电话给她的原因。

男朋友那星期来过几次，拿他的东西，我想，做个了结。他是个自信的小杆子。他听她说她要说的，她花了几小时才拼凑起来的论点，然后叹口气，说这不重要，他需要空间，句号。她每次都让他睡她，也许是希望这样能让他留下来，可你知道，有人一旦飞快开溜，世界上没什么法子能让他们留下。我听着他们奔那事儿去了，就想，该死，还有比分手炮更卑鄙的事吗？我知道。我和洛芮塔也这样绕了很久。区别在于，我们从来不像这两位这样谈话。谈我们在一起的日子。即便我们都冷淡下来后，也没谈过。我们躺在那里，听着外面世界的声音，喧嚷的男孩、汽车、鸽子。那时我搞不懂她在想什么。现在我知道该用铅笔往那些空洞的思绪泡泡上写什么字了。逃跑，逃跑。

这两人跟浴室有缘。每次他的来访都在那里结束。这对我来说不错，因为那里我听得最清楚。我不知道自己为什么开始追踪她的生活，可这似乎挺有意思。很多时候我想人们都非常无聊，即便是在最惨的时候。我想我不会为任何事情忙碌，尤其是女人。我只是在休假，等待洛芮塔留在我心中的最后一片残骸漂走。

浴室里，女朋友一五一十地讲述她的一天：她如何在 C 线列车上围观到一场拳架，有人如何喜欢她的项链，男朋友呢，用他巴瑞·怀特[①]式低沉性感的声音，不停地应着，嗯。嗯。嗯。他们会一起淋浴，如果她不在说话，就在给他做口交。你只听见下面传来水拍浴盆底的声音，还有他不停地嗯着。他并不只盯着这一处。这很显然。他是那种女人迷恋的皮肤深暗、面容光洁的小弟，事实上我知道，他喜欢和白人女孩做爱，因为我在当地娱乐场所见过他搞。她一点不知道他的"有钱有型万人迷"的做派。知道了她会受不了的。我过去认为这是西语社区的规则，拉美人和黑人在里面，白人在外面——在我们这些落魄的人不该去的地方。可爱情会引导你。从你脑子里抹去任何规则。洛芮塔的新男友是个意大利人，在华尔街工作。她对我说起他时，我们还在约会。我们散步时，她对我说，我喜欢他。他是个努力工作的人。

心上的皮层再厚，也抵挡不住这样的伤害。

冲完某次澡后，男朋友就再也没回来过。没有电话。什么都没有。她给她的朋友们打了很多电话，那些她很久没联系过

[①] 巴瑞·怀特（1944—2003），美国著名灵歌歌手，五次获格莱美奖。

的朋友。我也是靠伙伴们才挺过来的。我不需要打电话求助。他们说起来太轻巧了：忘掉那个贱人，她不是你需要的那种女人。看你多贱啊，她现在一定是去挑最贱的了。

女朋友把时间都用来哭泣，在浴室里，在电视机前。我则把时间用来听她哭，一边打电话找工作，还抽抽烟，喝喝酒。一星期里喝掉一瓶朗姆酒和两包六袋装总统烟。

一天晚上我鼓起勇气请她上来喝咖啡，这对我来说简直是壮举。她一个月里都没怎么跟人接触，除了日本餐厅的送餐员，一个我经常跟他说 hi 的哥伦比亚哥们。她到底会说什么呢？不？她听到我的名字似乎很高兴，她打开门时，我惊讶地发现她看上去精神而警觉，说她马上就上来。她在厨房桌子边我对面坐下来时，我见她化了妆，戴了条玫瑰金项链。

你公寓里的光线比我那里好，她说。

这是个很好的理由。我寓所里有的就只是光线。

我放了一盘安德烈斯·希梅内斯给她听——你知道，《我愿我的波多黎各人自由又高贵》，然后我们喝了一壶咖啡。尖峰，我告诉她，最好的。我们没多少可谈。她很沮丧和疲惫，我也在经历一生中最严重的肠道胀气。我两次起身说对不起，一小时里面两次。她一定会觉得这太古怪了。但我每次从卫生间里出来时，她都低头凝视着咖啡，就像我们老家岛上的算命师一样。长时间的哭泣让她变得更美了。悲伤有时会产生这种效果。不过对我不管用。洛芮塔几个月前就离开了,我却还是难看得要命。女朋友在公寓里,让我感觉自己更寒碜了。她从桌子缝里捡起一粒大麻种子,笑了。

你也吸吗?

它会让我发皮疹,她说。

它让我梦游。

蜂蜜可以治这个。是一个古老的加勒比方子。我有个叔叔也梦游。一晚一茶勺蜜就把他给治好了。

喔!我说。

那天晚上,她放了一盘即兴风格的带子,也许是圣诞歌。我听见她在公寓里活动。要说她做过舞蹈演员,我一点也不会怀疑。

我从来没试过蜂蜜的方子,她也再没来过。在楼梯上遇到时,我们互相说hi,但她从未放慢速度来搭话,从未做出微笑或别的鼓励。我把这当成一种暗示。月底她把头发剪短了。再也不用直发夹,也没有稀奇古怪的发梳。

我喜欢,我告诉她。当时我从烟酒店回来,而她和一个女朋友正要出去。

让你显得凶狠一点了。

她笑了。这正是我想要的。

埃迪森，新泽西

我们第一次去送金王冠[①]时，房子里的灯是亮的，但没人放我们进去。我猛敲前门，韦恩敲后门。我听见我俩的双面鼓把窗子都震动了。当时我有一种感觉：有人在里面，在嘲笑我们。

这家伙最好有个理由，韦恩说着，在新植的玫瑰丛中跺脚走动。这是废话。

别说了，我说，但韦恩是一个太把工作当回事的人。他又捶了几下门，脸都气拧了，接着敲了几回窗，眯起眼朝窗帘缝里看。我则采取了一些较为理性的做法。我走到路边的水沟旁，坐了下来。那是一条排水沟，灌满了水。我抽着烟，看见一只母鸭带着三只小鸭崽在草岸上搜索，然后下了水，笔直一线像用绳子串起似的浮在水面上。美啊。我说，但韦恩没听见。他正在用钉枪擂门。

[①] 一个著名的台球桌品牌。

九点钟韦恩来陈列室接我，那时我已经把我们的路线计划好了。关于我们那天要打交道的顾客，订单表格说明了我们需要知道的一切。如果某人要的只是一张五十二英寸牌桌，那你就知道他们不会跟你啰唆太多，但也不会给小费。这种是送去斯波兹伍德、塞勒维尔和珀斯·安堡的单子。台球桌是送往北郊富人区的——利弗因斯顿、瑞吉伍德和贝德敏斯特。

你该来瞧瞧我们的顾客。医生、外交官、外科大夫、大学校长，还有那些身穿绸衫宽裤、足蹬舒适皮鞋的贵妇，她们腕上扣的纤薄手表可以换一辆车。他们中大部分人会在前门和游戏室之间用昨天的《华盛顿邮报》铺出一条通道来迎接我们。我让他们全都捡起来。我说："老天，我们滑倒怎么办？你知道两百磅的板子会把地板弄成什么样吗？"财产损害的危险让他们动作麻溜起来。最好的顾客会让我们自己待着，直到签单的时候才出现。人们通常会给我们一纸杯水，别的就没什么了，但有次我们干活时一个从加纳来的牙医给了我们六瓶装喜力啤酒。

有时我们在干活，顾客们要冲到商店去买猫食或报纸。我相信你们会好好的，他们说。但他们听上去从来不那么确信。当然，我说，告诉我们银子在哪里。顾客们哈哈大笑，我们也哈哈大笑。然后他们纠结着，在前门流连，努力记住他们拥有的每一件东西，好像他们不知道去哪儿找我们，我们是为谁干活一样。

他们一走，我就不用担心谁会来烦我了。总是在韦恩安装毡面，不需要帮手时，我放下棘轮，扳了扳指节，开始探索。我从厨房里拿饼干，从浴室柜子里拿剃刀。有些房子有二三十个房间。回来的路上，我估算着要多少零碎物件才能填满所有这些空间。我四处游荡时被逮到过好多次，但让我惊讶的是，只要被发现时你不跑，而是说声"hi"，有的人马上就会相信你是在找卫生间。

文件签好之后，我需要做一个决定。如果顾客很好，给小费大方，我们就收工走人。如果顾客很讨厌——也许他们喊叫了，也许他们任由小孩朝我们扔高尔夫球，我就问卫生间在哪里。韦恩会假装他之前没看到过。顾客用吸尘器收拾地板时，他就在那里数电钻零件。劳驾，我说。我让他们指给我去卫生间的路（通常我已经知道了）。门一关，我就往口袋里塞泡泡浴弹，往马桶里扔拳头大的厕纸团。如果拉得出来，我会拉上一泡，留给他们去处理。

大多数时候我和韦恩配合默契。他是司机和收钱人，我负责搬运和对付混蛋。今夜我们在去劳伦斯维勒的路上，他想跟我聊查林娜，陈列室的一个女孩，长了一张诱人的嘴。自从和女朋友分手后,我几个月都不想谈女人。

我真想上她,他对我说,也许在麦迪逊街的房子里。

伙计,我说,斜了他一眼,你难道没老婆吗?

他安静了。可我还是想,他辩驳说。

那又怎样呢?

干什么非得怎样?

今年韦恩背叛过他老婆两次,事前事后,我全都知晓。上次他老婆差点没把他踢出去喂狗。为那两个女人在我看来都不值。有一个比查林娜还小。韦恩是个情绪化的人,今天晚上心情又不好了。他歪在驾驶座上,在车流里左拐右弯,紧咬着前面的车屁股,好像我叫过他别那么做一样。我不需要来次碰撞,也不想四小时都沉默。于是我努力忘掉他妻子是个好人的想法,而是问他查林娜是否给了他什么信号。

他放慢了车速。说是信号你也不信,他说。

无货要送的日子里,老板让我们在陈列室干活,卖牌、扑克筹码和宝石棋。韦恩把时间花在调戏销售小姐和掸扫货架上。他是个傻大个,我不明白姑娘们为啥吃他那套。简直是一大宇宙之谜。老板让我待在店的前面,远离台球桌。他知道我会和顾客说话,叫他们别买便宜的样品。我会说,别靠近那些破烂货，等买得起正品时再来。只有当他用得上我的西班牙语时，才会让我上前帮忙。我不善于打扫卫生和卖老虎机，于是就窝在前台收款处偷东西。我不弄响任何东西，把钱装进口袋里。我没告诉韦恩，他在忙着用手指捋胡子。一天一百元的收获对我来说也并非不寻常。女朋友过去常来接我，我就给她买她想要的任何东西：衣服、银戒指、内衣。有时我把钱全花在她身上。她不喜欢偷，可是见鬼，我们也不是从垃圾堆里出来的，我喜欢进到一个地方，说，姑娘，随便挑吧，都是你的。这是我最接近富有的感觉。

这些日子里我乘巴士回家，钱留在身上。我坐在一个三百磅重的摇滚女孩旁边，她在友好之家洗盘子。她跟我聊她用水壶喷嘴打死的蟑螂。直接把翼翅给烫下来。星期四我给自己买彩票，十个随机选号码和两注 pick 4[①]，我不在意这些小细节。

我们第二次去送金王冠时，旁边一扇门的厚帘子被撩了起来，像把西班牙扇子。一个女人瞪着我，韦恩忙着敲门没瞧见。美眉，我说。她是黑人，不带笑容，接着，帘子在我们中间垂了下来，轻声扫过玻璃。她穿着件 T 恤，上面写着"没问题"，

---

① 一种博彩形式，pick 6 为六合彩，pick 4 可以此类推。

不像是主人。她看上去更像个女佣，顶多不过二十岁，从她的脸部的纤瘦我推测出其余部位的纤瘦。我们互瞪了最多不过一秒钟，我都来不及注意到她耳朵的形状，或是嘴唇有无开裂。可就算时间再短，我也爱上她了。

后来在车里，回陈列室的路上，韦恩嘟哝道：那家伙死了，我说真的。

女朋友有时来电话，但不常。她又给自己找了个新男友，一个在唱片店里工作的懒汉。他叫丹，她说他的名字时，费劲地学着外国腔，让我不由得眯拢眼角。他们下班回家后，那家伙从她身上扯下来的衣物——短项链、批发店里的人造丝裙子、内衣——都是我用偷来的钱买的，我很高兴，没有一件是我背扛几百磅的硬石头辛苦劳累赚来的。我为此高兴。

上次我亲眼见她是在霍博肯。她和丹在一起，还没有跟我提过他。她穿着厚底鞋，急急忙忙过街，避开我和我的伙伴们，他们当时甚至能感觉出来我在恶向胆边生，一拳过去能捶破任何东西。她一只手在空中扬了扬，但没停步。在这个蠢货出现前一个月，我去她家，朋友去看朋友那种，她父母问我生意如何，好像我在管账还是管什么的。生意不错，我说。

听起来很好啊，她父亲说。

那是。

他请我帮他割草坪。在往油箱里加油时，他给我提供了一份工作。一份真正能有所发展的工作。公共事业。他说，没什么丢人的。

后来她父母去卧室看巨人队输球，她把我带进了浴室。她化着妆，因为我们要去看电影。要是我的睫毛像你，我会成名的。她对我说。巨人队现在正输得很惨。我还是爱你，她说。我为我俩感到尴尬，就像看到下午谈话节目里那些破碎而不幸的家庭成员袒露心扉时一样。

我们是朋友，我说。是的，她说，是的我们是。

空间有限，我不得不把脚踝搁在浴缸边上。我给她的十字架在银链的末端晃荡，我把它咬在嘴里，省得刺到眼睛。我们搞完时，我的腿都没有血色了，像根扫帚柄一样杵在褪下的灯笼裤里。她对着我脖子的呼吸越来越微弱，说，我喜欢，我还是喜欢。

每个发薪日我都拿出那台老计算器，计算靠这本分钱我要多长时间才买得起一张台球桌。一张顶级的三板式可不便宜。你还得买球杆、球、巧粉、记分器、三角框，还有法式皮头，如果你是个讲究时髦的人的话。如果我再也不买内衣，只吃意粉，需要两年半，就这个数字也不能当真。钱从来就不喜欢我。

大多数人不知道台球桌有多么精密。是的，桌子边栏上有插销和 U 形钉，可这些东西都是靠重力和精巧的结构结合在一起的。如果你使用得当，一张好桌子的寿命会比你的寿命还长。大教堂就是这么盖起来的。安第斯山上有条印加人修的路，你到今天也没法用小刀插入任何两块大卵石中间。罗马人澡堂里的下水道因为建得好，一直用到 1950 年代才更换。这是我信仰的一些事物。

如今我闭着眼也能把桌子组装起来。要是时间不那么赶，我会一个人装，让韦恩看着，直到要把面板放上来时才叫他帮忙。顾客们不在我们面前时就更好，瞧我们做完后他们的反应，手指抚过清漆边栏，吸气赞叹，毡面如此服帖，你用手指也揭不下来。他们会说，美啊。我们总是点头，手指上还沾着滑石粉，又点头：美啊。

老板因为金王冠差点没踢我们。那顾客，一个叫普鲁伊特的混蛋，疯了似的打电话告状，说我们玩忽职守。老板是这么说的，玩忽职守。我们知道这是顾客说的，因为老板从来不用这类词。我说，老板，瞧，我们敲门都敲疯了。我的意思是，我们像联邦警察一样敲门，像保罗·班扬[①]一样敲门。老板不听，说，你们这些捣蛋鬼，混球。他对着我们劈头盖脸了足有两分钟，然后把我们打发了，那天晚上我以为我没工作了，于是就去逛酒吧，我幻想在我和伙伴们吸烟的时候，能撞上那混蛋和那黑妞。可第二天早上，韦恩又带着金王冠来了。两个人都带着宿醉。再送一次。他说，额外递送，没有加班费。我们捶门捶了有十分钟，无人应门。我撬着窗户和后门，我发誓我听到她在露台门后面，我重重敲门，听到脚步声。

我们打电话给老板，告诉他事情经过，老板打电话给那房子里，没人接，好吧。老板说。把那些牌桌送了吧。那天晚上，我们在排列第二天的单子时，接到一个普鲁伊特打来的电话。他这次没用那个词，玩忽职守。他想要我们晚上迟点过去，但我们已经有约了。等着送货的单子排了两个月了，老板提醒他。我转头看了看韦恩，想知道这个家伙许了老板多少钱。普鲁伊特说他悔悟并下定了决心，请我们再去。他的女佣一定会让我们进门。

普鲁伊特究竟是什么鬼姓？转上大路时韦恩问我。

[①] 美国民间传说中的巨人樵夫，力大无穷，伐木快如割草。斧头一划，便划出了科罗拉多大峡谷。

同性恋的姓，我说，白鬼或者别的滥人的姓。

很可能是个该死的银行家。他叫什么？

只有一个首字母，C。克来伦斯·普鲁伊特听起来比较对头。

是的，克来伦斯。韦恩大笑。

普鲁伊特。我们大多数顾客都是此类姓氏，诉讼案卷上的姓氏：伍里、梅纳德、格斯、宾德，可从我们那城里出来的人，我们的名字，总是囚犯的姓氏，或者成对地出现在拳击赛程表上。

我们悠着来。先去了里约餐厅，挥霍掉一小时，花光了口袋里的钱。韦恩谈论着查林娜，我把头歪在一块厚玻璃窗格上。

普鲁伊特家所在的社区是才建起来的，只有他家的庭院完工了。卵石路蜿蜒伸展，路面有点晃。你可以看见其他房子的内部，刚刚形成的框架，新鲜的木材里钉头整齐闪亮。蓝色防水帆布保护着线路和新刷的灰泥。车道上还是泥地，每块草坪上都堆着高高的草皮垛，我们在普鲁伊特家门前停下来，砰砰拍门。看见车库里没车，我使劲瞪了韦恩一眼。

谁啊？我听见里面一个声音说。

我们是送货的，我喊道。

门闩滑动，锁转了一下，门打开了。她和我们面对面站着，穿一件黑色短裤，唇上红脂润泽，而我在冒汗。

进来吗？她后退了一步，拉着门。

听起来像西班牙口音，韦恩说。

别废话。我说着，又口吻一变。你记得我吗？

不，她说。

我转头看韦恩，你相信吗？

孩子，什么我都会相信。

你听到我们说的了？那天，就是你。

她耸了耸肩，把门拉得更开。

你最好告诉她用椅子把门顶住。韦恩回去开车锁。

你顶着这门，我说。

我们在运送中也会遇到麻烦。车子坏了；顾客搬走，留给我们一座空房；被手枪指着；板子掉落，边栏不见。毡面颜色不对。球杆落在仓库里。过去，女朋友和我拿这个做游戏。预测游戏。早上我翻身滚上枕头说，今天会怎样？

让我看看。她把手指放到美人尖上，这个动作也带动了她的胸部、头发。我们睡觉从来不盖被，春秋夏都不，一整年里我们的身体都幽暗而瘦削。

我看见一个讨厌鬼顾客,她念念有词,难以忍受的交通。韦恩干活会很慢。然后你就回家和我在一起了。

我会变得有钱吗?

你会回家和我在一起。我只能看到这些。接着我们如饥似渴地亲吻,因为我们就是这样相爱的。

这种游戏是我们早晨生活的一部分,淋浴、做爱和吃早饭的方式。当我们之间开始出现问题后,当我醒来,听着外面的车流声,却不唤醒她,当一切都变成了战斗时,我们停止了玩耍。

我们干活时她待在厨房里。我能听到她在哼歌。韦恩晃着他的右手,像是手指尖被烫了一样。是的,她不赖。我走进去时,她背对着我,手在一个放满水的池子里动着。

我尽量让自己显得和气。你从城里来的?

点头。

哪里呢?

华盛顿高地。

多米尼加人,我说,奎司克亚人。她点头。哪条街?

我不知道地址,她说。我已经把它写下来了。我妈妈和弟弟们住在那里。

我是多米尼加人,我说。

你看上去不像。

我倒了一杯水。我们都凝望着外面的泥土草坪。

她说,我没应门是因为我想气他。

气谁?

我想从这里出去,她说。

出去?

你带我一程,我会付钱给你。

我不想要,我说。

你不是从纽约来的吗?

不。

那么你为什么问地址?

为什么?因为我家人在那旁边。

问题有那么严重吗?

我用英语说,她应该让她的老板带她去,但她茫然地瞪着我。我转过身。

他是个混蛋,她说着,忽然生起气来。我放下杯子,走到她旁边去洗。她和我差不多高,散发出洗涤剂的味道,脖颈上长着小小的美丽的痣,像一溜群岛,延伸到了衣服里面。

拿来。她说着伸出手,但我已经洗好,回到了小房间。

你知道她想要我们做什么?我对韦恩说。

她的房间在楼上，一床一橱一妆台，黄色的墙纸。西班牙语的《时尚》和《每日新闻报》扔在地板上。衣橱里有四衣架衣服，妆台只有最上面一个抽屉是满的。我把手放在床上，棉床单感觉凉凉的。

普鲁伊特在他的房间里挂了自己的照片。他小麦色皮肤，到过的国家里面，很可能有我都不知道它的首都的。照片里的他，在度假，在海滩上，站在一条他钓到的大嘴太平洋三文鱼旁边。他天庭饱满，普劳加区①足可傲人。床整理过，衣橱装不下衣服，溢到了椅子上，一排鞋子沿墙排列到远处。一个单身汉。我在他妆台里一沓拳击短裤下面发现一盒打开了的安全套。我拿了一个放进口袋，把剩下的塞到他床底下。

我在她房间找到她。他喜欢衣服，她说。

有钱人的习惯，我说，但我没法正确翻译，最后变成了赞同她。你准备收拾包裹吗？

她举起她的钱包。我有我需要的一切。其余的留给他。

你应该带点你的东西。

我不在乎那些玩意儿。我只想走。

---

① 大脑左前叶皮层的部分区域，与语言等交流功能密切相关。

别傻了。我说着打开她的梳妆台，拽出顶层的短裤，一捧柔软鲜艳的三角裤掉了出来，滚落在我的牛仔裤上。抽屉里还有更多，我伸手去抓，但一碰到那些纤维，就松开了手。

别动了，走吧。她说着把那些东西塞回抽屉里，她的背正对着我，手麻利地动着。

喂，我说。

别担心。她没抬头。

我走到楼下。韦恩正在用电钻往板子里打栓销。你不能那么做。他说。

为什么？

小孩。我们得完成这个。

我去去就来。很快的。一下就好。

小孩。他慢慢站起来。他的年纪差不多是我两倍。

我走到窗前往外看。车道边新植的银杏树排列成行。一千年前还在大学的时候我学到一点关于它们的知识。活化石。自从几百万年前在地球出现以来就没有改变过。你跟踪查林娜不是？有吗？

是的，他轻松地回答。

我从工具箱里拿了卡车钥匙。马上回来，我保证。

我妈妈在公寓里还留着我女朋友的照片。女朋友是那种永远不会气色不好的人。有一张照片是我们在酒吧，我教她玩台球。她斜倚在我为她偷的一根球杆上，非常值钱的一根，皱着眉头对着我留给她的那一击，那一击她将会打偏。

我们在佛罗里达的照片是最大的——闪亮的、有框的，足有一尺高。我们都穿着泳装，右边有几条别人的腿。她屁股埋在沙子里，双膝并拢在前面，因为她知道我要把照片寄回家给妈妈。她不想我妈妈看见她的比基尼，不想被看成妓女。我蹲在她旁边，笑着，一手按在她瘦削的肩上。她的一颗小痣从我指缝里露出来。

我在的时候妈妈不会看那些照片和提到她。但我妹妹告诉我她还在为分手哭泣。在我面前，妈妈很克制，安静地坐在沙发上，我告诉她我在读什么，工作怎么样。你有女友吗？她有时会问。

有，我说。

她跟身边的妹妹说，我梦见他们还在一起。

我们一言不发，开到了华盛顿大桥。她拿空了他的食橱和冰箱。那些包在她脚边。她在吃玉米片，我太紧张没有加入。

这是最好的路线吗？她问。看来大桥并未留给她深刻印象。

这是最近的路。

她把袋子折起来。我去年刚来的时候,他是这么说的。我想看看乡村。可总是下雨,看不到什么。

我想问她是否爱她的老板,但出口的却是,你喜欢美国吗?

她转过头去看广告牌。美国没什么让我觉得惊奇的,她说。

桥上交通状况很糟糕,她不得不给了我一张油腻腻的五元票子交费。你是从首都来的吗?我问。

不。

我出生在那里。在胡安那镇①。小时候移民到了这里。

她点点头,凝望着外面的车流。过桥时我的手落在她膝上。我没拿开,掌心向上,手指微弯。有时你得试试,即便你知道那没用。她慢慢地把头转开,望着窗外桥索以远,望着曼哈顿和哈得孙河。

华盛顿高地的一切都是多米尼加风格的。你去其中一个街区,不可能不经过一家奎司克亚面包房或奎司克亚超市或奎司克亚酒店。如果我停下车走出来,没有人会把我当成送货人。我可以是街角卖多米尼加旗的那家伙,可以是走在回家路上去

---

① 圣多明各市中的一个区。

和女朋友团聚的那个人。所有人都在街上，默朗格舞乐像电视声一样从窗户里滚滚而出。我们到达她的街区时，我歪出去问一个小孩那楼在哪里，他用小手指指出了门阶。她下了车，把罩衫前面拉拉平，顺着小孩的手指刚刚切出的那条线走下去。免费，我说。

韦恩做了老板的工作，一星期后我又回来了，留用观察，油漆仓库。韦恩从外面马路上给我带来肉糜三明治，用一点奶酪粘起几片面包来的寒酸玩意。

你值吗？他问我。

他很近地看着我。我说不值。

你至少得手了一点什么吧？

见鬼，是的，我说。

你确定？

我干吗要在这种事情上撒谎？老家女孩像野兽一样。我身上还有牙印呢。

该死，他说。

我捶了一下他的胳膊。你和查林娜进展如何？

我不知道，伙计。他摇了摇头，他的这个动作，让我看见他和他所有的东西一起被扔到自家草坪上的样子。这次我就是不知道。

　　一星期后我们又上路了。白金汉、帝国、金王冠和成打的牌桌。我保留了一份普鲁伊特的订单,好奇心终于发作时我打了电话。第一次是机器录音。当时我们正给长岛上一家人送货,那家的海景夺人心魄。韦恩和我在海滩上抽大麻卷,我拎起一只死鲨的尾巴把它捡起来,用力扔进了顾客的车库。接下来两次我在贝德敏斯特区,普鲁伊特接的电话,说,喂?但第四次是她接的,电话里头水槽的水龙头还开着。我什么都没说,她挂了。

　　她在那里?韦恩在车里问。

　　她当然在。

　　他用大拇指滑过门牙。不出所料。她很可能爱上那家伙了。你明白怎么回事。

　　我很明白。

　　别生气。

　　我累了。就这样。

　　累是最好的反应,他说,是真的。

　　他递给我地图,我的手指循着我们的送货路线,连接起一个一个城市。看来我们什么都忘了,我说。

　　终于,他打着哈欠说,明天首先送哪里?

其实不到早上我们就不知道,明天早上我才能把订单都理好。但我还是猜了起来。这是我们的一种游戏。打发时间,让我们有所期待。我闭上眼,把手放在地图上。这么多小镇,这么多城市可选。有些地方是一定的,但我不止一次选了似乎不太可能的地方,并且对了。

你无法想象我对了多少次。

通常名字会很快来到我脑海,就像彩票抽奖时数字小球冒上来一样。但这次没什么冒上来:没有魔法,什么都没有。可以是任何地方。我睁开眼睛,看见韦恩还等着。埃迪森,我说,按下了大拇指。埃迪森,新泽西。

如何约会一个棕女孩、黑女孩、白女孩或混血女孩

等着你弟弟和妈妈离开公寓。你已经告诉他们你感觉很不舒服,去不了联合城①看小姨,她喜欢捏你的鸡鸡。(长大了,她会说。)尽管你妈妈知道你没病,但坚持下去,直到最后她说,好吧,你留下来。被宠坏的小子。

从冰箱里把政府奶酪拿走。如果女孩来自阶地,把盒子堆在牛奶后面就好。如果她来自公园或社会山,奶酪就要藏到烤炉上方的橱子里,那个高度她永远看不见。写张便条提醒自己在早晨之前拿出来,不然妈妈会扁你。拿走所有在乡下拍的令人尴尬的家庭照片,尤其是那张上面有光屁股小孩用皮绳拽山羊的。那小孩是你的表弟,但到现在他们应该大到能够理解你为什么这样做。藏起你烫爆米花头的那张照片。确认一下浴室够体面。把厕纸篓塞到水池底下。往篓子上喷些来苏水,然后

---

① 新泽西州的一个小城。

关上柜门。

冲澡，梳头，穿衣。坐到沙发上，看电视。如果她是外区的，她爸爸会送她来，也许是妈妈。他们两个都不想要她和任何来自阶地的男孩约会——人们在阶地被刀刺伤，可她心意坚定，这次会得逞。如果她是个白女孩，你知道你至少可以来上一点手活儿。

路线说明是你用最端正的字体写的，这样她父母不会觉得你是白痴。从沙发上起来，检查停车坪。没车。如果女孩是本地的，别紧张。她准备好了就会飞过来。有时她碰上其他朋友，于是会有一群人出现在你公寓门口。虽然这意味着你没法干什么，却很好玩，你会希望这些人经常过来。有时女孩根本没飞过来，第二天在学校里她会说对不起，冲你微笑，你会笨到相信她，并且再约她出来。

等着，一小时后出去，到你的角落去。周围一片车流喧嚣。冲你的伙伴大叫一声。他问你还在等那女的吗？你说，见鬼，是的。

回到屋里。给她家打电话，她父亲接时就问她是否在家。他会问，你是谁？挂上。他听起来像个校长或是警长，那些脖子粗粗、从不需要当心背后的人。坐着等待。等到肚子饿得快不行了，一辆本田或吉普就开进来了，出来的是她。

嘿。你会说。

瞧，她说，我妈妈想会会你。她有事没事乱操心。

别慌。说，嘿，没事。用手捋下头发，像白人男孩那样，即便能顺利穿过你头发的东西只有非洲。她的样子会很好看。白人女孩是你最想约会的，不是吗？可通常来的外区人都是黑人，玩芭蕾舞和童子军长大的黑女孩，车道里有三辆车的。如果她是个混血儿，看到她妈妈是个白人别吃惊。说 hi。她妈妈会说 hi，你会发现你没吓到她，没有真的吓到。她会说她需要更简明的出去的路线，即便她膝盖上的路线说明已经是最好的，也给她指条新的。让她高兴。

你有很多选择。如果女孩是附近的，带她去希巴欧[①]吃饭。用你的蹩脚西班牙语点所有的东西。如果她是拉美裔，让她纠正你，如果她是黑人，让她好奇。如果她不是附近的，可以去温迪[②]。走去餐馆的路上谈谈学校的事情。一个本地女孩不会想听邻里新闻，但别的地方来的女孩可能会听。讲那个疯子把催泪气罐在地下室里放几年的故事，有一天罐子破了，整个片区都弥漫着这玩意儿，达到了战时剂量。别告诉她你妈妈立刻就

---

① el cibao，多米尼加北部一山谷地带。希巴欧谷底土质肥沃，是重要粮食产区。这里用作餐馆名。
② 一家类似肯德基和麦当劳的美国快餐连锁店。

知道那是什么，从美国侵略你的岛国那一年她就识得那气味。

希望别撞上你的复仇女神，豪卫，那个牵两条杂种狗的波多黎各小孩，那两条狗可是两个杀手。他满小区地遛它们，那狗时不时地把只猫逼到角落里撕成碎片。猫在空中翻滚，脖子被拧转了，像只猫头鹰，鲜红的肉从柔软的皮毛中绽露出来。豪卫便在一旁哈哈大笑。要是他的狗没追猫，他就会跟在你后面，问：嘿，尤尼奥，这是你的新炮友吗？

让他说去。豪卫重两百磅，要是他想他能吃了你。到了泥地处他会转身走开。他穿着新帆布球鞋，不希望沾上泥巴。如果女孩是外面人，她现在会低低地骂一声：好一个蠢货！本地女孩只要不是太羞涩的，都应该会一直冲他吼。两种方式都不糟，你无需做任何事情。第一次约会千万不要打架，不然那就会是结束。

晚餐会有点紧张。你不擅长和一个你不熟悉的人讲话。一个混血儿会告诉你她父母在大运动当中相遇，会说，那时候人们认为那是一件激进的事情。这听起来像是她父母让她回忆的。你哥哥有回听到这样一件事时说，这听起来简直觉得像汤姆大叔的故事。别重复了。

放下你的汉堡，说，那一定很艰难。

她会感谢你的兴趣。她会告诉你更多。黑人，她会说，对我很不友好。这是我不喜欢他们的原因。你会想知道她怎么看多米尼加人。别问。让她说下去,等你们都吃完了,走回小区。天空会很绚烂。工业污染让泽西的落日成为一大世界奇观。指出这一点。碰碰她肩膀,说,那很美不是?

该严肃点了。看电视时保持机警。呷一点爸爸留在柜子里没人动过的百慕大朗姆酒。一个本地女孩可能髋骨长开了,屁股结实,可她不会很快就让你摸。她还得和你生活在同一个小区,得在你知道她所有事的情况下和你交往。她可能会跟你放松地待上一会儿,然后回家;可能会吻你,然后走掉,又或者,如果她冲动而不计后果的话,可能会放开,但这种情况很罕见。亲吻便足够了。一个白女孩可能当时就放开了。别阻止她。她会从嘴里拿出口香糖,粘到塑料沙发套上,然后向你靠近。你眼睛很漂亮。她可能会说。

告诉她你喜欢她的头发,喜欢她的皮肤,她的嘴唇,因为事实如此,你喜欢她那些胜过喜欢你自己的。

她会说,我喜欢西班牙男人,即便你从来没去过西班牙。说,我喜欢你。事情看来很顺利。

你会和她一直待到八点半,然后她会想要洗一洗。在浴室里她会哼一首收音机里的歌,腰部随着节拍不停地碰撞水槽边缘。想象她老妈来接她时,要是她知道女儿刚刚还躺在你身下,用她的八级西班牙语对着你的耳朵唤你的名字，会怎么样。她在浴室时，你可以给一个伙伴打电话，说，我做过了，疯狂。或者只是微笑着往沙发上一靠。

可通常事情不会这么发展。要有准备。她可能不想亲你。冷静点。她会说。那混血儿会往后躲，挣脱你。她会交叉双臂，说，我讨厌我的乳房。摸她的头发，她会抽走。我不喜欢任何人摸我的头发。她会说。她会表现得像一个你不认识的人。在学校她以抓人的笑声闻名，嗓门又高又有穿透力，像海鸥一样。但在这里她会让你发愁。你不知道该说什么。

你是那些男孩中唯一一个约我出来的。她会说。你的邻居开始发出鬣狗似的号叫。体内的酒精使然。你和那些黑人男孩。

什么都不要说。让她扣上衬衫扣子，让她梳头，那声音在你们之间拉出一片火焰。她爸爸开车过来按响喇叭时，让她走，不要在告别上耽误太久。她不想这样。一小时后电话会响。你可能很想去接。别。看你想看的节目，趁没有家人在旁边跟你争论。别下楼，别去睡。那没好处。在妈妈扁你之前把政府奶酪放回原处。

无　脸

　　早上他拉上面罩，以拳抵掌磨了磨，又走到番荔枝树下做引体向上，做了快五十个的时候，他端起咖啡去壳机，举到胸前，数了四十下。他的胳膊、胸脯和脖颈都鼓了起来，太阳穴周围的皮肤绷得紧紧的，几乎要裂开了。哦不！他是不败的。随着一声浑圆的"yes！"，他放下了去壳机。他知道应该走了，可早晨的雾笼罩了一切，他听了一会儿公鸡打鸣。接着他听到了家里人的动静。赶快！他对自己说。他跑过姨父的咖啡地，瞥一眼就知道姨父在他的园地上种了多少红豆、绿豆和黑豆。他跑过水管和草地，然后说了声"飞行"，纵跃起来，长长的影子切过一棵棵树冠。他能看见家里的篱笆，妈妈正在给小弟弟洗澡，揩脸擦脚。

　　马路两边商店里的人往路上泼水压灰，他从他们旁边飞跑而过。无脸人！有几个人叫了起来，他可没时间搭理他们。他先走到酒吧边，搜寻掉在附近地面上的零钱。醉汉们有时就睡在巷子里，他便动作轻巧地跨过地上的尿坑和呕吐物，捏着鼻子避开臭气。今天他在噼啪作响的高草丛里找到的硬币足够买一瓶可乐或者一个玉米烤饼。他把这些硬币紧紧攥在手里，在面罩下面微笑了。

一天中最热的时候，洛让他进了那屋顶破败、线路老旧的教堂。他给他喝奶蜜咖啡，上两小时读写课。书本、笔和纸都来自附近的学校，由老师们捐赠。洛神父手很小，眼睛不大好，去加拿大动过两次手术。洛教给他北上需要的英语。I'm hungry. Where's the bathroom？ I come from the Dominican Republic. Don't be scared.[①]

下课后，他买了口香糖，走去教堂对面的房子。那房子外面有扇大门，里面种了橘子树，还有一条卵石小道。一台电视在里面什么地方嗡嗡响着。他等着那女孩，但她没出来。通常她会探出头来看他。她用手比画了台电视。他们都用手说话。

你想看吗？

他摇摇头，往前伸出手去。他从来不进别人家。不，我喜欢待在外面。

我宁愿待在里面，里面凉快。

---

① 这五句英文分别是：我饿了。浴室在哪里？我从多米尼加来。别害怕。

他会一直待到那个也住在山里的洗衣妇从厨房里喊出来：走开。你一点不难为情吗？他会握住大门的栏条，用力拉开一点，嘟哝着，让她看看她干扰到的是谁。

每星期洛神父都让他买一本漫画书。神父带他去书店，在他仔细浏览书架的时候，站在街上，保护他。

今天他买了一本《卡里曼》，卡里曼戴着包头巾，从不废话。要是他的脸也被遮着，就完美了。

他在角落里张望，等待着机会远离人群。他自有一套隐身术，没有人能抓住他。即便他的姨父，那个看守大坝、一言不发地溜达的人。狗能闻出他的气味，有一两条过来嗅了嗅他的脚。他把它们推开，因为它们会向敌人泄露他的藏身之处。那么多人希望他跌倒，那么多人希望他消失。

一个老人需要人帮他推小车。一只猫需要被引导过街。

嘿无脸人！一个骑摩托的人喊叫起来。你在这里搞什么鬼？你还没开始吃猫吗？吃了吗？

他接下来就要吃小孩了。另一个人接了上来。

别碰那猫，它不是你的。

他跑了。天有点晚了，店铺都在关门，每个角落里的摩托车也都散开了，只留下油斑和尘土中的锈迹。

他正在计算是否还能再买一个玉米烤饼时，伏兵出现了。四个男孩抱住了他，硬币从手中像蚂蚱一样跳了出去。那个只长了一条眉毛的胖男孩坐在他胸口，他喘不过气来。其他的人立在周围。他害怕极了。

我们要把你变成个女孩。胖男孩说。他能听见这些单词在那胖子的肉体里回荡。他想呼吸，可肺像口袋一样贴在一起。

你以前是个女孩吗？

我打赌他做过。这没什么好笑的。

他念了声"力量"，胖男孩从他身上飞了出去。他顺着街道奔跑起来，其他人在后面追。你们放过他吧，美容店的店主说，但没人听她的，从她丈夫为了一个海地人离开她之后，就没人听她的了。他跑回教堂，溜进去藏了起来。男孩们朝教堂门上扔石头，但看门人埃里索说，孩子们，准备去地狱吧，挥着一把弯刀从旁边冲出来。外面一切归于沉寂。他坐在教堂长椅下面，等着夜幕降临，他好回家去到烟房中睡觉。他擦了擦短裤上的血，往伤口上吐唾沫，把里面的尘土弄出来。

你还好吧？洛神父问。

我跑得一点力气都没了。

神父坐了下来。穿着短裤和正装衬衫的他看上去就像一个古巴商店老板。他双手交合。我一直在想你北上的事情。我想象你在雪里的样子。

雪不会烦到我。

雪会烦到所有人。

他们喜欢摔跤吗?

洛神父笑了。几乎和我们一样喜欢,可他们那里没有人会被砍伤,再也不会有了。

他从长椅下钻出来,给神父看他的膝盖。神父叹气说。我们来把它护理一下吧,好吗?

别用红色的药就好了。

我们不用红色的药了。我们现在有白色的药,不会疼。

我看到才会相信。

没有人对他隐瞒什么。他们把故事对他讲了一遍又一遍,好像怕他忘掉似的。

某些晚上,他睁开眼睛,猪又回来了。总是那么庞大和苍白。它的蹄子踩进他的胸膛里,它呼吸时他能闻到烂香蕉的气味。钝牙在他的眼睛下面撕出一条口子,露出鲜嫩的肌肉,像木瓜。他转过头去保护另一边脸。有的梦里,他保住的是左脸,有的梦里是右脸。最可怕的梦是他转不动脑袋,它的嘴像一个坛口一样笼罩，无处可逃。他尖叫着醒过来，血从脖子上汇流而下。他咬了自己的舌头，它肿了，他再也不能入睡，直到他告诉自己要像个坚强的男人。

洛神父借了辆本田摩托，两人一早就出发。他转弯的时候朝里侧着，神父说，别侧太过。会让我们翻倒的。

我们没事的！他喊道。

去奥科阿的路上不见人烟，农庄很干，许多庄园都被废弃了，他只在一个陡岸上看见一匹孤零零的黑马。它在啃一棵灌木，背上栖着一只草鹭。

诊所里挤满了流血的人，一个护士领着他们往前面穿行。

今天怎么样？医生问。

我很好，他说。你什么时候送我去？

医生笑了，让他除下面罩，接着用大拇指按摩他的脸。医生的牙缝里残留着无色的食物。吞咽有困难吗？

没有。

呼吸呢？

没有。

有过头痛吗？嗓子疼过吗？会眩晕吗？

从来没有。

医生检查了他的眼睛、耳朵，听了听他的呼吸。一切正常，洛。

听你这么说我很高兴。你有个大概的数字吗？

哦，医生说，我们最终要把他送到那里去的。

洛神父笑了，一只手放到他肩膀上。你怎么想？

他点了点头，不知道自己应该怎么想。他害怕手术，害怕什么都改变不了，害怕加拿大的医生会像妈妈请的女祭司一样失败。那人呼唤仙班里的所有神仙，向他们求助。他所在的房间闷热阴暗落有灰尘，他在出汗，他想要躺到一张桌子下面，这样没人能看见他。在另外一个房间他遇到一个天灵盖没完全合拢的男孩，一个没有胳膊的女孩，还有一个脸又大又肿、眼睛流脓的婴儿。

你能看见我的脑子，那男孩说。上面只有一层膜样的东西，里面的东西看得很清楚。

早上醒来时他感到疼，因为医生的检查，因为教堂外的那一仗。他走到外面，头昏眼花，靠在一棵番荔枝树上。他的小弟弟佩索阿醒了，在撒豆喂鸡，他弯着小小的身体，完美的身体。当他揉着那四岁的小脑袋时，他感到了已经被愈合在黄色痂皮下的痛楚。他很想去揭，但上次这么做时，涌出来的血让佩索阿尖叫起来。

你去哪里了？佩索阿问。

我去斗魔鬼了。

我也想去。

你不会喜欢的，他说。

佩索阿看着他的脸，轻声笑着，又给母鸡们撒了一把豆子，母鸡们怂怂地散开去。

他望着太阳把田野蒸出一层薄雾，尽管这样的炎热，豆子还是浓密青翠，在微风中摇摆。他妈妈看见他走在从外屋回来的路上。她走去取他的面罩。

他累了，很疼，但他望向远处的山谷，土地蜿蜒而去，忽然消失不见，让他想起洛神父玩多米诺骨牌时藏牌的样子。走，她说，别等你父亲出来。

他知道父亲出来时会发生什么。他戴上面罩，感到布料里跳蚤的骚动。她转过身去时，他藏了起来，没进野草中。他看着妈妈把佩索阿的头轻轻按到水龙头下，水终于从管子里冒出来时，佩索阿叫了一声，好像得到了一件礼物，或是梦想成真。

他跑了，往下朝城里跑去，一次都没有滑跤或滚落。没有人快得过他。

生　意

　　我父亲，拉蒙·德·拉斯卡萨司，在我四岁生日前夕离开了圣多明各。爸爸已经计划了几个月，奔走借钱，向朋友，向所有他能借到的人。最后，纯粹是运气，他拿到了护照。不过这是他在岛上最后的运气了，因为妈妈最近发现了他有一个胖情妇，是他在她住的米昂尼多斯区的街上跟人打架时搭上的。妈妈是从她一个朋友那里听到的。那朋友是个护士，是那女人的邻居。护士不明白爸爸为什么不去巡逻，却总在她那条街上晃悠。

　　最初的打斗持续了一个星期，妈妈把我们的银器扔得满天飞。爸爸被一个叉子刺中了脸颊，他终于决定搬出去，等候事态冷却下来。他带了一小包衣服，一大早就出了门。离家的第二个晚上，躺在那个女人的身边，爸爸做了一个梦：妈妈的爸爸答应给他的钱全都被风吹得旋了起来，像鲜艳的、鲜艳的鸟儿一样飞走了。这个梦让他像子弹一样从床上跳了起来。你还好吧？那女人问，他摇了摇头。我想我得去个地方，他说。他从朋友那借了一件干净的芥末色正装衬衫，上了一辆出租，来见姥爷了。

姥爷坐在摇椅里，摇椅摆在老地方，街边人行道上。从那里他能看见所有人和所有事。这把椅子是他造来作为给自己的三十岁生日礼物的，被肩膀和屁股磨损的柳条网已经更换了两次。如果你去杜瓦特走上一遭，就会看到到处都卖这种椅子。那是十一月，芒果从树上坠落的时节。尽管视力很弱，姥爷还是在爸爸踏上萨姆纳·威尔斯街①的那一刻便瞅见了他。姥爷叹了口气，他本来憋着它要斗胆吵上一架的。爸爸提了提裤子，在摇椅旁边蹲了下来。

我来这里是要讲一下我和你女儿的生活，他说着，摘下帽子。我不知道你是否听说了什么，但我发誓那不是真的。我只想为你的女儿和我们的孩子做点什么，那就是带他们去美国。我想让他们过上好日子。

姥爷在口袋里摸索着刚才放掉的香烟。邻居们都被吸引到房子前面来旁听这次对质。另外一个女人怎么办呢？姥爷终于说了出来，同时却找不到夹在耳朵背后的香烟。

---

① 萨姆纳·威尔斯（1892—1961），美国副国务卿，拉美问题专家，曾任美国驻多米尼加特使三年。

我确实是去过她家，但那是个误会，我没有做什么给您丢人的事情，老爷子。我知道那么做不够聪明，但我不知道为什么那女人会撒那种谎。

你是这么对比尔塔说的吗？

是的，可她不听。她太信她朋友的话了。如果你觉得我不能为你女儿做点什么，那么我不会开口借钱。

姥爷吐了一口唾沫，把街上的尘土和汽车尾气吐了出去。他本来可能要吐四五次，而他深思熟虑的时间，都够太阳落下去两次，可是想到自己快要不行的眼睛、在阿苏阿①化作尘土的农场，还有需要帮助的家人，他又能怎么样呢？

听着拉蒙，他边说边挠着手臂上的毛。我相信你。可比尔塔，她听了街上的流言，你知道那些都是怎么说的。回家去，对她好点。别喊，别打孩子。我会告诉她你就快走了。这样可以让你们俩之间的矛盾好解决一点。

那天晚上，爸爸从情人家里拿了他的东西，搬回了家中。妈妈表现出不得不忍受他的样子，似乎他是个讨厌的客人。她和孩子们睡，尽可能频繁地出门，去拜访住在首都其他地方的亲戚。许多次爸爸拉住她的胳膊，把她推到家里凹陷的墙壁上，

---

① 多米尼加的一个省，也是该省首府名称。

以为他的动作能把她从满腹心事的沉默中拽出来。可她对着他又是扇耳光又是踢。你到底为什么鬼啊？他问。你不知道我很快就要走了吗？

走吧，她说。

你会后悔的。

她耸了耸肩，一言不发。

在一个像我们家一样吵闹的家里，一个女人的沉默是件严肃的事情。爸爸萎靡了一个月，他带我们去看我们看不懂的功夫片，灌输给我们应该如何想念他。妈妈翻开我们的头发找虱子时，他就在旁边徘徊，等着她开口说话并求他留下来的那一刻。

有天晚上姥爷递给爸爸一个雪茄盒子，里面装满了现金。票子是新的，发出生姜似的气息。给你。你要让孩子为你自豪。

你看着吧。他亲了亲老爷子的脸颊，第二天买了一张三天内离开的飞机票。他把票伸到妈妈眼前。你看见这个了吗？

她疲惫地点了点头，接住了他的手。在他们房间里，她已经把他的衣服都整理并打包了。

他走的时候她没有亲他。只是把每个孩子送到他面前。跟爸爸说再见。告诉他你想他早点回来。

他想要抱她时，她抓住他的上臂，手指像钳子一样。你最好记得这些钱是从哪里来的,她说。这是他们五年里面对面说的最后一句话。

乘客稀少的飞机轰鸣着,把他带到了凌晨四点的迈阿密。他轻易地过了海关,因为什么都没带,除去一些衣服、一条毛巾、一块肥皂、一个剃刀、钱和口袋里的一包口香糖。到迈阿密的机票比较省钱,但他打算尽快去到纽约。纽约才是工作的城市,那个城市最先招来了古巴人和他们的雪茄产业,然后是白手起家的波多黎各人,现在是他。

他找不到机场出口。所有人都在讲英语,指示牌也于事无补。他抽掉了半袋香烟,四处找寻。等终于出了机场时,他把包放到人行道上,扔掉了剩下的香烟。黑暗中他看不太清北美。茫茫车流、遥远的棕榈树和一条让他想起了马西莫·哥梅兹大道的高速公路①。空气不像在家乡时那样热,城市亮着很多灯,可他感觉不到,他好像穿越了一片海洋,一个世界。一个在出口前的出租车司机用西班牙语招呼他,把他的包往车子后座随手一甩。又是一个新人,他说。那人黑皮肤,背有点弯,但很强壮。

你家在这里?

---

① 马西莫·哥梅兹(1836—1905),多米尼加人,是"十年战争"中的大将军,并领导了古巴人反抗西班牙统治的独立战争。

不在。

那么要去的地方呢?

也没有,爸爸说,我一个人来的。我有两只手,一颗跟岩石一样强健的心脏。

对头,出租车司机说。他带着爸爸在城市中穿行观光,来到第八街①一带。虽然街道很空,卷帘门垂闭在每个商店前面,但爸爸还是从建筑里面,从高高的亮着的灯柱上面看见了繁荣。他纵容自己沉浸在惬意的感觉里:就像有人在带他参观新的居住地,以确认这地方让他满意一样。找到一个地方,睡下来,司机建议说。明早第一件事就是给自己找点活干。做什么都行。

我是来这里工作的。

当然,司机说。他在一个酒店门口让爸爸下了车,收了他五美元作半小时的服务费。你在我这里省下的以后都用得着。希望你能混出头。

爸爸要给司机小费,但他已经开走了,车顶上的半球闪着光,召唤着下一个乘客。爸爸把包搭到肩上,开始闲逛,闻着从街面的压缩石块上蒸腾出的热气和尘土。起先他想为了省钱睡到外面长凳上,但没有向导,附近看不懂的标牌也让他气馁。

---

① 迈阿密的拉美裔聚居区小哈瓦那中最热闹的一条街。

如果这里有宵禁呢？他知道命运最细微的转折也能毁了他。他前面有多少人来到这么远，只因为一次愚蠢的小违规就被送了回去？天空忽然变得太高。他顺原路走回去，进了酒店，那痉挛般闪烁的霓虹灯牌突兀地侵进街道。他不大能听懂前台的人说话，但最后那人用非常端正的字体写下了住一晚需要的数目。44号房，那人说道。爸爸也不太会用淋浴装置，但终于还是洗成了澡。这是他进过的第一个没让他身上的毛卷起来的浴室。听着断断续续的收音机，他开始修胡子。没有他留胡子时的照片留下来，但那很好想象。不到一小时他就睡着了。他那时二十四岁。他没有梦到他的家人，许多年里再也没有。他梦到的是金币，像从我们海岛周围许多沉船里打捞上来的一样，堆得像甘蔗秆一样高。

即便在晕头转向的第一天早晨，当一个上了年纪的拉美女人抽掉被单，倒空垃圾筒里他扔的一小片纸头时，爸爸还是坚持做了仰卧起坐和俯卧撑，这些让他直到四十几岁身体都很棒。

你应该试着做这个，他告诉那拉美女人。这会让工作变得轻松。

你要是有工作，她说，就不需要锻炼。

他把昨天穿的衣服收到帆布背包里，换上一套新行头。他用手指蘸水抚平那些最碍眼的折痕。和妈妈生活的那些年里，他自己洗烫自己的衣服。这些是男人的事儿，他喜欢说，同时为自己的勤修边幅而自豪。裤子上笔挺的折线和鲜亮的白衬衫是他的标志。他们那一代人多少受到了嗜衣成狂的肯尼迪的影响，到被刺杀的前夜为止，他的领结达到了一万个。穿得这样齐整和正式，爸爸看上去像个外国人，不像个非法劳工。

第一天，他碰到三个危地马拉人，和他们合住一套公寓。他的第一份活计是在一个古巴三明治店里洗盘子。这里曾经是一家美式老餐厅，卖各种汉堡和碳酸饮料，现在却充满着炭烤乳猪的芳香。前台后面，三明治压制器有条有理地按压着。在后面读报纸的男人告诉爸爸马上就可以开始，给了他两条长及脚踝的白围裙。每天都是洗这个。他说。我们这里要保持整洁。

爸爸的室友当中有两兄弟，斯特凡和托马斯·埃尔南德斯。斯特凡比托马斯大二十岁。两个人都有家在国内。斯特凡的眼睛因为白内障而慢慢模糊，眼疾让他失去了一根手指和上一份工作。他现在在火车站扫地，清理呕吐物。这活儿安全多了，他告诉爸爸说。不等罗汉来收拾你，在工厂干活就会先让你送命。斯特凡热爱田径，会读报纸，他不顾弟弟的提醒，把脸凑近印刷物，糟蹋着他残存的视力。他的鼻尖老是沾着油墨。

欧拉利奥是第三个室友。他为自己占了最大的房间，那辆每天早上送他们去上班的生锈的duster①也归他所有。他来美国已经有两年，碰到爸爸时他说英语。爸爸没有回答，他又改说西班牙语。你得练习说，只要你想出门。你会多少英语？

不会，爸爸过了一会儿说。

欧拉利奥摇了摇头。爸爸最晚遇到欧拉利奥，也最不喜欢他。

爸爸睡在客厅里，一开始在一张毡毯上，散开的线茬不停地戳着他剃过的头，后来换了一张从邻居那里搜刮来的垫子。在店里他一天轮两次班，时间都很长，中间有两段四小时的休息。其中一段他回家睡觉，另一段他将围裙手洗了，然后一边等它晾干，一边躲进储物间，在尖峰咖啡罐和面包袋的高塔中间眯上一会儿。有时他会读他喜欢的西部恐怖小说，一小时就能读完一本。如果天不是太热，或者书比较无聊，他会在周围转转，没有污水横流的街道和井然有序的房子和汽车都让他暗自赞叹。拉美移民女人也令他印象深刻，这边的鲜衣美食和老家人想都想不到的美容产品改换了她们的容颜。她们美丽却不友好。他会用手碰下贝雷帽，停下来，希望能送出一两句赞美，

---

① 一小汽车型号。

但那些女人只是扮下怪脸径直走过。

他没有泄气。他开始晚上和欧拉利奥一道去酒吧。爸爸情愿和魔鬼共饮，也不想独自出行。埃尔南德斯兄弟不怎么热衷于外出，他们是葛朗台型，但偶尔也会放纵一下，用龙舌兰和啤酒把自己灌到烂醉。兄弟俩深夜跌跌撞撞地回到家，一脚踩到爸爸身上，嘴里还在嚎斥某个当面唾弃他们的深色女①。

欧拉利奥和爸爸一星期出去两三个晚上，喝朗姆酒，暴走。爸爸尽量让欧拉利奥买单。欧拉利奥喜欢讲他原先的农庄，位于他的国家中部附近的一个大种植园。我爱上了庄主的女儿，她也爱我。我，一个短工，你能相信吗？我在她妈妈的床上干她，当着圣母和圣子的面。我尝试让她摘下十字架，但她不听。她喜欢那样。我来这里的钱是她借给我的。你能相信吗？有那么一天，我在这边赚了点钱，就去接她。

每天都是同一个故事，只是添加的佐料不同。爸爸说得少，信得更少。他看着总是和别的男人在一起的女人。过了一两个小时，爸爸买了自己的单就走。即便天气凉了，他也不需要夹克，喜欢穿着短袖衫迎风而行。他徒步走回家，和任何他能搭上话的人说话。有时醉汉们听见他的西班牙语就停下来，邀请

---

① 指肤色深暗的女人，尤其是拉美裔的。

他去一个房子里，男男女女在一起喝酒跳舞。他喜欢这样的舞会远胜过酒吧里的面面相觑。就是和这些陌生人在一起时，他练习着他生涩的英语，远离欧拉利奥得意的批判。

回到公寓，他躺在自己的垫子上，四肢尽量伸展，将它占满。他努力避免想家，想他两个爱打架的儿子和被他取了外号叫做"蜜瓜"的老婆。他告诉自己，只想今天和明天。脆弱的时候，他会从沙发下拿出他在一个加油站买的公路地图，手指顺着海岸线向上移动，缓慢而一字一顿地念出城市的名字，努力模仿那种叫做英语的可怕的嘎吱嘎吱的声音。地图的右下角，是我们的岛屿的北部海岸线。

那个冬天他离开了迈阿密。他丢掉了那份工作，找了一份新的，但工钱也不够多，客厅地板又太贵。另外，爸爸稍微算了一下，又问了楼下外国人（现在他们能听懂他了），发现欧拉利奥在房钱上屁都没付。这就解释了他为什么有那么多好衣服，不像其他人那样干那么多活。爸爸把数字写在报纸边上，给埃尔南德斯兄弟看，他们无动于衷。他有车，他们说。斯特凡瞟了一眼数字，说，还有，谁愿意惹麻烦呢？那样我们又得搬家了。

可这是不对的。爸爸说，这鬼房租让我活得跟条狗一样。

你能怎样呢？托马斯说。生活敲打着每一个人。

我们要处理这事。

关于接下来发生的事情有两个版本。一个是爸爸的，一个是妈妈的。不知爸爸是拿着一个装满欧拉利奥最好的衣服的箱子平静地离开了，还是他先把那人打了一顿，才搭上一辆巴士，拎着箱子去了弗吉尼亚。

弗吉尼亚之后的路程都是爸爸徒步丈量过来的。他本来还能再买一张车票，但那样的话，就得动用租房的钱，那是他听一个老移民的建议，非常勤勉地攒起来的。在纽约无家可归就是自找麻烦。走上三百八十里，好过身无分文的抵达。他把他的储蓄放进一个假鳄鱼皮零钱包里，又把皮包缝进平腿短裤的缝里。虽然皮包把他的大腿蹭出了水泡，但那是一个窃贼无法搜索的地方。

他穿着他的破鞋走着，冻得要命，学会了根据发动机的声音辨别不同的车。寒冷不比那些包麻烦。他的胳膊拎包拎痛了，尤其是二头肌。他搭到两次卡车，司机们可怜这个发抖的男人。就在特拉华州外面，一辆小车在 I-95 路旁拦住了他。

那些人是联邦执法官。爸爸立刻就认出了他们是警察。他认得他们的标志。他打量着他们的车，思忖着要不要跑进身后的树林。他的护照五星期前就过期了，如果被逮到，就会被铐

145

起来送回家。他从其他非法劳工那里听到很多关于北美警察的故事：在把你送交移民局之前，他们喜欢怎么揍你；有时他们只是拿走你的钱，打落你的牙，把你丢到废弃的公路上。不知为什么，也许是刺骨的寒冷，也许是蠢，爸爸没有动，跺着脚吸着气。车上的一扇窗被摇了下来，爸爸走过去，看着里面两个困倦的白鬼子。

你要搭车？

是的。爸爸说。

那两人挤了挤，爸爸钻进去坐在前排。十里路开过，他的身体才恢复知觉。当寒冷和过往车辆的咆哮终于离他而去时，他意识到有个样子很脆弱的男的，戴着手铐和枷锁，坐在后座上。那小个子在默默地流泪。

你要走去多远？那司机问。

纽约。他说，小心着不发成"牛腰"。

我们不到那么远，如果你愿意，可以和我们一起到特伦屯。你从哪儿来伙计？

迈阿密。迈阿密离这里可有点远啊。另外一个人看着司机说。你是不是个乐手啥的？

是的，爸爸说，我拉手风琴。

中间那个男人听到这个兴奋起来。该死，我老爸拉手风琴，但他跟我一样是个波兰佬。我不知道你们西班牙语国家的人也弹。你喜欢什么样的波尔卡舞曲?

波尔卡舞曲?

老天,威尔,古巴不弹波尔卡舞曲。

他们接着开下去,只是经过收费站时才放慢速度出示证件。爸爸一动不动地坐着,听后座上的男子哭泣。"怎么了?"爸爸问。也许是想吐?

司机嗤了一声。他想吐?我们才是要吐的人。

你叫什么?波兰佬问。

拉蒙。

拉蒙,见过司各特·卡尔森·波特尔。杀人犯。

杀人犯?

很多很多人。血债累累。

我们离开佐治亚时他就在哭。司机解释说。哭个不停,一下都没停过。那臭娘炮在我们吃饭的时候都哭。简直把我们逼疯了。

我们以为弄个旁的人进来和我们一起,会让他闭嘴——爸爸旁边的那人摇了摇头——但我想不管用。

警察们在特伦屯放下了爸爸。他大大地松了一口气,还好没进监狱。这让他并不在意走上四小时,才终于恢复勇气把大拇指伸出来，示意要搭车。

在纽约的第一年他住在华盛顿高地，现在的三玛利亚餐厅上面的一个蟑螂出没的公寓里。一找定公寓和两份工作（一份是清洁公司，另一份是洗盘子），他就开始给家里写信。第一封信里夹了四张二十元的票子。捎回家的涓涓细流并未多加思量，像他别的朋友们寄出的那样扣除了生存所必需。那些数目都是兴之所致，常常让他破产，举债，直到下一个发薪日。

第一年他每天工作十九二十个小时，每周七天。出到外面的寒冷中，他爆炸似的咳嗽，感觉肺都被喘息的力道给撕裂了。进到厨房里，烤箱的热气又让疼痛直往脑门里钻。他零星地写着家信。妈妈因为他的作为而原谅了他，告诉他街区上又走了哪些人，躺在棺材里或者坐飞机走的。爸爸的回信涂在任何他能找到的纸上，通常是纸巾盒的薄板和上班时的账簿纸。上班让他太疲倦，信上全是错别字，他得咬自己的嘴唇才能保持清醒。他向她和孩子们许诺很快就会有机票。妈妈寄来的照片给一起上班的朋友看过后，被遗忘在钱包中，跟旧彩票混到了一起。

气候也不好。他经常生病，但总能上着班撑过去，并且存够了找一个人结婚的钱。这是老办法，历史最悠久的战后路线。

找一个公民，结婚，等待，然后离婚。这办法用的人很多，很昂贵，骗子也很多。

经过上班的地方的一个朋友牵线，他联系上了一个叫"将军"的谢了顶的白人胖子。他们在一个酒吧见面。将军得先吃上两碟油腻的洋葱圈，才能开始谈生意。瞧这里，朋友，将军说，你付我五十元，我给你带一个有兴趣的女人来。你们俩怎么决定是你的事。我只管拿钱，还有真的带女人过来。如果你和她成不了事，是没钱可退的。

我他妈为什么不能自己出去找呢？

当然，你可以那么做。他把植物油拍到了爸爸手上，但我可是那个冒着要进移民局的风险的人。如果你不介意，就随便去什么地方找吧。

即便对爸爸来说，五十元也不是一个太大的数目，但他舍不得出手。要他在酒吧买单，或者当颜色和心情合宜的时候，拣条新皮带，那都没问题，可这个不一样。他不想再有任何变数。别耍我。他这不是开玩笑。不，他已经被抢劫过两次。胸肋处被打得淤青。他总是喝很多再回家。在他的房间里，他会生气冒烟，胡乱打转，他气的是什么样的愚蠢，让他来到这样一个冷得要命的国家，气的是像他这般年纪的男人有老婆却只能自己手淫，气的是这个国家和工作强加给他的见不得光的生存。他从来没有时间睡觉，更别说去那些充斥了报纸版面的音乐会或博物馆。还有蟑螂。他公寓里的蟑螂如此大胆，开灯也惊扰不了。它们摇晃着那三寸触须，好像在说，嘿混蛋，把那破玩意儿关上。踩过那些甲胄之身，从垫子上抖掉它们，他要花上五分钟，然后才能倒进帆布床里，可是夜里还有蟑螂会爬上身来。不，他不是开玩笑，可他也没有做好把家人带过来的准备。取得合法身份，他才能抓牢梯子的第一杠。他不太确信很快就能面对我们。他向他的朋友征求意见，他们中大部分人经济状况比他还差。

他们猜他是因为钱而犹豫。别傻了，男人。给那人钱就是了。也许你能办成，也许弄不好。就这么回事。既成套路，你得适应它。

他在波多黎各咖啡馆的对面与将军见面，把钱交给他。一天后那人给了他一个名字：金花。当然，这不是她的真名，将军对爸爸肯定说。我喜欢把事情保持在过去时态。

他们在咖啡馆见面。每人点了一个肉卷馅饼和一杯可乐。金花像个生意人，五十来岁。灰色头发盘成头顶一个小髻。爸爸说话时她抽着烟。她的手像鸡蛋壳一样，布满雀斑。

你是多米尼加人吗？爸爸问。

不是。

那你一定是古巴人了。

拿一千元来，你就要忙着办成美国人，没工夫关心我是哪里人了。

这像是很大一笔钱。你以为我一旦成了公民，也可以靠结婚赚钱吧？

我不知道。

爸爸甩了两元钱在柜台上，站了起来。

多少，多少你干？

我工作很忙，坐在这里就像休一个星期假了。而且我只有六百。

再加两百就说定了。

第二天，爸爸给她带来一包装在皱巴巴的纸袋里的钱，换回了一张红色收据。我们什么时候开始？爸爸说。

下星期。我得马上开始准备文件。

他把收据用图钉钉在床头，每天睡觉前，都掀开看下有没有蟑螂藏在后面。他的朋友都很高兴，清洁店的老板带他们去哈莱姆喝酒吃点心。在那里他们的西班牙语比褴褛的衣服更引人侧目。他们的兴奋不是他的，他感觉自己太冒进。一星期后，爸爸去找介绍将军给他的朋友。

我一个电话都没接到，他解释说。那朋友在柜台下擦洗。

你会接到的。那朋友没有抬头。一星期后爸爸躺在床上,喝醉了,独自一人,十分清楚自己遇到了强盗。

他一拳把那朋友从梯子上打得掉下来,随后丢了清洗的工作。他也没了公寓,不得不搬去和一家人同住,又找了一份工作,在一家中餐外卖店做炸鸡翅和米饭。他离开公寓之前,把事情的经过写在粉红收据上,把收据留在墙上警示后来人,不知道哪个傻瓜会来接手这里。十倍小心啊,他写道。那些人比鲨鱼还恶。

将近六个月他没给家里寄钱。妈妈的信读过后被折起来塞进他利用充分的包里。

圣诞节前一天的早晨,在洗衣房里,爸爸遇见了她。当时他正在那里叠裤子,收卷潮湿的袜子。她很矮,黑发如刃,从耳旁垂下。她借给他熨斗。她最早是从拉罗马纳①来的,后来和大多数多米尼加人一样,搬到了首都。

我一年回去一次。她告诉爸爸。一般是在复活节的时候去看父母和妹妹。

我很久很久没有回家了。我还在攒钱。

---

① 多米尼加东南部港口城市,拉罗马纳省省会,位于加勒比海岸。

会攒够的,相信我。我第一次回家也等了好多年。

爸爸发现她已经来美国六年了,是个公民。英语很好。往尼龙袋里装衣服时,他想着要请她去参加晚会。一个朋友已经邀请他去皇后区科罗纳的一所房子,多米尼加老乡要在那里欢度平安夜。在以前一个晚会上,他听说皇后区的晚会食物成堆,跳舞的单身女人也成堆。

四个小孩正在撬烘干机顶上的板子,想要弄开来好去够下面的吞币装置。我这块卡住了,一个小孩大叫。角落里有个学生,还穿着绿色医生服,正在读一本杂志,没有被注意到。但孩子们一厌倦了机器,就驾临到了他面前。他们夺过他的杂志,把手插进他的口袋里。他推开他们。

嘿,爸爸说。小孩们朝他竖中指,跑到外面去了。去你的美西佬![1]他们尖叫。

黑鬼,医学院学生嘟哝着。爸爸收紧袋子的拉绳,决定不请她。他懂得规矩:让女人和一个完全陌生的人去那么一个陌生地方,这有点奇怪。于是,他问她哪天他能否跟她练习说英语。我真的需要练习,他说。我愿意付钱给你。

她笑了。别好笑了。你有空就来吧。她把号码和地址写给

---

[1] 原文为 spik,美俚,是对讲西班牙语的拉美人的蔑称。

他，字体歪歪扭扭。

爸爸瞟了一眼那张纸。你不住这附近？

我不住，不过我表亲住这里。你想要的话我可以给你她的号码。

不，这就好了。

晚会上他玩得很开心，真的忍住没喝他喜欢的朗姆酒和罐啤。他和两个老女人以及她们的丈夫坐在一起，膝头放着一碟食物（土豆沙拉、烤鸡肉、一摞炸芭蕉糕、半个鳄梨，还有一小摊牛肚汤，是那个老妇人舀来，他出于礼貌接受的），谈论着多米尼加的往事。那是一个明澈动人的夜晚，将成为记忆中的一个尖峰。他一点钟左右才摇摇晃晃回到家，拎着一塑料袋食物，胳膊下夹着一个黑面包。他把面包给了睡在楼道里冷得打颤的那个男人。

几天后他打电话给尼尔达，从一个说话慢条斯理很有礼貌的小姑娘那里得知她去上班了。爸爸留下了名字，晚上又打过去。尼尔达接了电话。

拉蒙，你应该昨天给我电话的。那是一个开头的好日子，因为我们两个都不用上班。

我想让你和你家人一起过节啊。

家人？她咯咯一笑。我只有一个女儿。你现在在做什么？

也许你想过来？

我不想打扰你，他这么说。你得承认他还挺狡猾。

她拥有布鲁克林一条荒僻安静的街道上一座房子的顶楼。房子很整洁，地板上铺着廉价的起了泡的油地毡。尼尔达的品位在拉蒙看来相当俗气。她把各种颜色样式拼凑在一起，就像孩子乱扔黏土和颜料一样。一座鲜艳的橘色石膏像用后腿立起在一张矮玻璃桌的中央。一块上面一群野马的壁毯，悬挂在非洲歌星的塑料剪切画的对面。每间房里都有假植物。女儿米拉格罗斯极其有礼貌，衣服多得数不清，但都更适合十五岁成人礼，不适合平常的日子。爸爸到访时，她戴着厚厚的塑料眼镜，坐在电视机前，交叉着两条细腿。尼尔达厨房储备很丰富，爸爸给她做饭。他积累的广东和古巴菜谱简直用之不竭。他最拿手的菜是碎炖牛腰肉，她的惊喜让他很开心。她说，我应该请你来做饭。

她喜欢说到她的饭馆和前夫，他总是打她，希望他所有的朋友来吃饭都免费。尼尔达把他们几小时的学习时间浪费在翻看那些大册书形状的相簿上，给爸爸看米拉格罗斯成长的不同阶段，似乎小姑娘是一种奇异的虫子。他没有提自己的家人。英语课上了两星期，爸爸吻了尼尔达。他们坐在蒙了塑料的沙发上，隔壁房间里电视上正在播放有奖竞答节目，他的嘴唇因为吃了尼尔达的鸡肉而变得油油的。

我想你最好离开，她说。

你是说现在？

是的，现在。

他尽可能慢地拉上风衣，希望她能撤回声明。她打开门等在那里，他一出去就飞快地关上。回曼哈顿的火车上他一路诅咒她。第二天上班，他告诉他的同事说她精神不正常，心如蛇蝎。我早应该知道的，他恨恨地说。一星期后他又回到了她家，研磨椰子，说英语。他试了一次又一次，她让他走。

每次他吻她，她就把他赶出去。那是一个寒冷的冬天，他也没件厚外套。那时没人买厚外套，爸爸告诉我，因为没人想过要待那么久。于是我又回去，抓住一切机会吻她。她会紧绷起来，叫我走，好像我打了她一样。我又吻她，她回答，哦，我真的觉得你现在就得走。她是个疯狂的女人。我坚持不懈，终于，有一天她回吻了我。到那时我已经熟悉了城里每条地铁，有了这件羊毛大衣和两双手套。我看上去像个因纽特人，像个美国人。

一个月之内，爸爸搬出了公寓，住进了她布鲁克林的家。三月他们结了婚。

虽然婚戒在手，但爸爸并没有扮演丈夫的角色。他住在尼尔达的房子里，分享她的床，不付租金，吃她的饭，电视中断时就和米拉格罗斯说话，在地下室安装了他的举重床。他恢复了健康，喜欢向尼尔达展示他的二头肌和三头肌，胳膊一拧，它们便形成了清晰的肉结。他现在买中号衬衫，他能撑得起来。

他在她家附近打着两份工。第一份是在一个暖气片店做电焊工，主要是堵洞眼。另外一份是在一个中国餐馆做厨师。餐馆老板是群古巴华人。他们黑米饭做得比猪扒饭好，在午饭到晚饭中间的安静时段，喜欢和爸爸还有另外一个帮工一起坐在一个大油桶顶上玩多米诺牌。一天，在算总分时，爸爸告诉这些人他在多米尼加还有个家。

那个因为太瘦被大家叫成"针"的主厨听到很气愤。你不能这样忘掉你的家人。难道不是他们出力把你送到这儿来的吗？

我没忘记他们，爸爸辩解地说。眼下我要去接他们来不是很好的时机。你应当看看我的账单。

什么账单？

爸爸想了想。电费。那个很贵。我家有八十八个灯泡。

你住在什么样的房子里？

很大的一幢老房子，需要点很多灯泡。你知道的。

别胡扯。没人家里有那么多灯泡。

157

你最好少说话专心打牌，要不我就要赢光你的钱了。

这些训斥肯定没有触动他的良心，因为那一年他没有寄钱回家。

尼尔达从另一路通到加勒比的朋友那里知道了爸爸的另一个家。这是不可避免的。她很难过，爸爸少不得来上几通精彩表演，让她相信，他已经不再关心我们了。他很幸运，因为妈妈通过同一路移民朋友找到爸爸在北方的准确位置时，他告诉她把信寄到他工作的餐馆而不是尼尔达家。

和他们周围大多数移民一样，尼尔达一般都在上班。夫妇俩主要是在晚上见面。尼尔达不只要打理她的饭馆，供应大受欢迎、十分丰盛的肉蔬浓汤和冰鳄梨条，还在顾客中间推广她的缝补业务。要是哪个男人的工作服撕裂了，或是裤脚浸到机油里，她让他们带过来，她会帮他们整治好，很便宜。她有副大嗓门，能把全饭馆的吸引力都吸引到一件小破衣服上来，没有什么人在同伴的集体注视下，能抗拒她的。她用一个垃圾袋把衣服带回家，一个晚上都坐在那里一边缝纫一边听收音机，只是在给拉蒙拿啤酒或是帮他换频道的时候才起身。当她要从出纳那里拿钱回家时，藏钱的技巧可谓匪夷所思。她只把硬币装在钱包里，每趟都会变换地方。通常她会把二十元的纸币放进胸罩里，好像每个杯罩都是一个鸟窝一样。不过爸爸总是惊讶于她别的藏匿手段。在一整天疯狂地忙于压蕉泥、招待工人之后,她把总数将近九百元的二十元和五十元的票子封进一个三明治袋子里,又用力把袋子塞进一个马耳他酒瓶中。她往瓶子里塞根吸管,回家的路上吸着。和爸爸在一起时她从未掉过一分钱。要是她还不太累,就喜欢让他猜她把钱藏哪里了,每猜错一下,他就脱掉她一件衣服,直到秘藏处被找到。

爸爸那时最好的朋友,尼尔达的邻居,叫豪尔赫·卡雷塔斯·卢戈内斯,街区上的人都喊他禾禾。禾禾是个五英尺高的波多黎各人,浅色皮肤上印着一些小痣,蓝色眼睛是海纹石的蓝。他头戴一顶散边草帽,角度一如过去的风格,手拿一支钢笔,衬衫口袋里装着所有当地彩票,在所有人看来都是一个劲头十足的人。禾禾拥有两辆热狗车,还和人合伙开了一家相当红火的杂货店。那地方本来很破旧,木头朽烂、屋瓦开裂,但他和他两个兄弟一道,把里面的破烂拖了出来,在冬天四个月里把它重修了一下。与此同时,还为当地一个老板开车,做翻译和写信。把手纸、肥皂和尿片卖双倍价钱来偿还高利贷鲨鱼的年头已经过去了。沿墙一溜冰柜全是新的,鲜绿色的彩票机、每排短货架顶头的旋转货架也都是新的。他很蔑视有些店主,他们店里面总盘桓着一群寄生虫,讨论着木薯的味道和上一次分红。虽然这片区域很乱（但还没糟过他在圣胡安的旧街区，在那里他目睹过最好的朋友在持刀打斗中失去手指），但禾禾无需给商店装栅栏。当地的小孩从不惹他，却总是恐吓街那头一家巴基斯坦人。那家人开一间亚洲杂货店，看上去像个囚笼，窗户背后布着铁丝网，门上加固了钢条。

禾禾和爸爸常常在当地酒吧见面。爸爸是那个懂得适时放声大笑的人，他笑起来时，周围人都会跟着笑。他总是在读报，有时是书，似乎知道很多。禾禾把爸爸看做是另一个兄弟，一个有着不走运的过去、需要点引导的人。禾禾已经帮助他的两个手足立了业，他们正通往自己开店的路上。

你现在有了安身之处，有了合法身份，禾禾对爸爸说，你得好好利用一下这些东西。你有时间，也不需要为了房租辛苦卖力，利用一下吧。存点钱，张罗点小生意做。你想要的话，我把一辆热狗车便宜卖给你。你会看到它来钱很稳。然后就可以把家人接过来了，给自己买所好房子，再图发展。在美国就是这样。

爸爸想要有自己的生意，这是他的梦想，但卖热狗，从底层做起，让他逡巡不前。虽然周围大部分人都两度破产，他还是看到有那么几个，刚刚下船，甩去了背上的水，直接跳上了美国人地盘的最低枝。他憧憬的是这种跳跃，而不是从泥巴里慢慢上爬。这种跳跃是什么样的，什么时候会来到，他不知道。

我在寻找合适的投资项目，他对禾禾说，我不是做餐饮的人。

那你是做什么的人？禾禾问，你们多米尼加人天生就是开餐馆的料。

我知道，爸爸说，但我不是做餐饮的人。

更要命的是，禾禾抛出了一句关于家庭责任的重话，让爸爸很苦恼。他朋友畅想的每种前景最后总是以这样的场面作结：爸爸的家人安全地生活在他的视线以内，向他喷洒着爱意。爸爸不太能分清他朋友信仰中的这两条主线，关于生意的和关于家人的，最终两者变得无法分解。

处在新生活的律动中，爸爸本应该很容易就埋葬关于我们的记忆，但良心，还有他走到哪里就跟到哪里的家信让他做不到这样。妈妈像月份本身一样有规律的信，是打在脸上火烧火燎的巴掌。通信现在是单向的，爸爸读过却什么都不回复。他带着畏怯的期盼打开信封。妈妈详细地诉说他的孩子们如何正在受苦，小儿子贫血得厉害，人家都觉得他像还阳的尸体。她诉说他的大儿子在街区里玩，腿上撕裂了口子，和所谓的朋友拳来脚去。妈妈拒绝讲她自己的情况。她骂爸爸是个叛徒，抛弃他们的最混的混球，背信弃义的可怜虫，吃阴虱的人，没种的蠢货。在醉酒的愤懑时刻，他常常给禾禾看这些信。禾禾会摇摇头，挥手叫再来两杯啤酒。你，我的老伙计，做错太多事了。再这样下去，你的生活会四分五裂的。

我到底能做什么呢？这女人想要我什么？我给她寄钱了。她难道想让我饿死在这里吗？

你和我都知道你得做什么。我只能这么说，否则简直是白活了。

爸爸迷失了。下工后，他会走上很长的危险的夜路回家，有几次到家时擦破了指关节，衣衫不整。他和尼尔达的孩子在那年春天出生了，儿子，也叫拉蒙，本是喜庆事，但朋友们并没有庆贺。他们中太多人都知晓实情。尼尔达能感觉到事情的不对劲，他的一部分留在了别处，但每次她问起来，爸爸都告诉她没什么，总是没什么。

禾禾定期地让爸爸开车带他去肯尼迪机场，去接他的这个那个亲戚，禾禾资助他们到这里来壮大美国。这种有规律的活动被证明是很有教育意义的。尽管他的兴旺发达，禾禾还是不会开车，也没有买车。爸爸会借用尼尔达的雪佛兰小旅行车，在车流中奋战一小时到达机场。根据季节不同，禾禾会带上从货架上取的若干外套，或一小箱冷饮。这可是难得的款待，因为禾禾的一个基本原则是：一个人不应该染指自己的库存。在机场出口，爸爸会站在后面，双手插在口袋里，贝雷帽套得正正的。而看到亲戚的禾禾则进入了一种迷狂状态，亲戚蹒跚着走过出口的门，背着纸板箱和帆布包，晕乎乎，咧嘴笑着。他们会哭泣和拥抱。禾禾会介绍拉蒙说是一个兄弟，于是拉蒙会被拉进那一圈哭泣的人中。只要将这些到达者的面容稍加整合，拉蒙就不难看到他老婆和孩子的影子。

他又开始给岛上的家人寄钱。尼尔达注意到他开始向她借钱买烟和玩彩票。你为什么要我的钱？她抱怨说。你工作是干什么用的？我们还有个宝宝要养，有账单要付。

我一个孩子死了，他说，我得付守灵和葬礼的钱。让我一个人待着。

你为什么不告诉我？

他用手蒙住脸，当他拿开手时，她仍在怀疑地盯着。

哪个？她追问。他的手笨重地一扫。她跌倒了，两个人都一言不发。

爸爸谋得了一份工会推荐工作，西纽约的雷诺兹铝业，薪水是他在暖气片店的三倍。上下班路上来回将近两小时，随后一天的活也会累伤肌腱，但他乐意——钱和福利格外优厚。这是他第一次迈出移民的群体。种族主义表态了。他打了两架，被报告给了老板,他们让他留职察看。他熬过了那段时间,得到提升和部门最高工作评级,以及全公司最差的时间表。白人总是将最差的轮班时间丢给他和他的朋友楚伊托①。你猜怎么着?他们会说,手拍拍他们的背,我这星期需要陪孩子,我知道你会不介意替下我的班。

是的,我的朋友。爸爸说,我不介意。有次楚伊托向老板抱怨,却被说成是"破坏部门的如家氛围"。两个人都知道最好别再提这茬。

要上班的日子里,爸爸太累不会去见禾禾。他享用完晚餐,就坐下来看《猫和老鼠》,里面的暴力镜头让他开心。尼尔达,瞧这个。他会嚷着,而她总会应声出现,嘴里衔着针,手里抱着宝宝。爸爸笑得那么大声,楼上的米拉格罗斯也跟着笑起来,即便没看见发生了什么。哦,太棒了!他说。你来看看这个!他们要杀死对方!

一天,他没吃晚饭也没看电视,开车和楚伊托一道去新泽西珀思·安堡的一个小镇。楚伊托的小精灵车②开进了一片正在建设中的社区。地上挖出了巨大的坑,高耸的褐色砖垛垒在那

---

① Chuito,这里是音译。在俚语中,这个单词还有另一层含义:父母中有一方是中国人的中意混血儿。
② Gremlin,美国一汽车品牌。

里等着被砌进大楼。新的管道排列以里计数,空气中飘着化学物质的酸味。那是一个凉爽的夜晚,人们在地坑和沉睡的货车周围游荡。

我有个朋友负责这里的招工,楚伊托说。

建筑?

不是。社区建起来后,他们需要管理人员来维护。保持热水系统正常运转,修理漏水的龙头,给浴室装新瓷砖,等等。做这个的话,你可以领一份薪水,住宿免费。这种工作才值得做。旁边的城市很安静,都是些好老外。听着拉蒙,你要是喜欢我可以帮你在这里找份工作。搬到这个地方来不错。出了城,很安全。我会把你的名字放在名单最上头,这地方完工后,你就有一份轻松体面的工作了。

这听起来比梦还美。

别提梦想,这是真的。伙计。

两人察看了工地大约一小时,然后返回布鲁克林。爸爸很沉默。一个计划正在形成中。如果家人从岛上过来,这里将是他安置他们的地方。安静,上班又近。最重要的,邻居们不认识他,和他在美国的妻子。那晚回到家时,他对尼尔达只字未提去了哪里。他不在乎她的怀疑,不在乎她冲着他大叫,因为沾满泥巴的鞋子。

爸爸继续寄钱回家，在禾禾的保险箱里，他存起来一大笔机票钱。然后一天早晨，阳光充满了整个房子，天空看起来又薄又蓝，挂不住任何云朵。尼尔达说，我今年想回岛上。

你说真的？

我想看望老人。

宝宝怎么办？

他没回去过，对吧？

是的。

那么他应该回去看看他的家乡。我认为这很重要。

我同意。他说，用钢笔敲着皱巴巴的餐具垫。听起来你是认真的。

我想我是。

也许我会跟你一起回去。

你自己说的哦。她有理由怀疑他。他真的很善于计划事情又很不善于落实。她也一直没有停止怀疑，直到他上了飞机，坐在她身旁，焦虑不安地翻弄着目录册、呕吐袋和安全指南。

他在圣多明各待了五天。住在城市西边尼尔达家人的房子里。房子被漆成鲜艳的橙色，旁边有个矮趴趴的户外厕所，一头猪在圈里拱来拱去。奥梅罗和何塞法，尼尔达的叔叔婶婶，去机场用出租车把他们接回来，让他们住"卧室"。那两口子自己住另外一间，客厅。

你会去看他们吗？第一天晚上尼尔达问。他们都听见自己的肚子在响，它们正在奋力消化着吃下去的那堆肝和木薯的大餐。外面，公鸡在咕咕哝哝地互啄。①

也许吧，他说，如果有时间。

我知道你就是为这个来的。

一个男人去看他的家人有什么错？你有事要去看你第一个丈夫，我也会允许的，不是吗？

她知道我吗？

她当然知道你。这个现在不重要了。她已经完全退出画面了。

她没有回应他。他听着自己的心跳，开始感觉到其中平滑的迂回。

在飞机上时他意兴洋洋，和靠近过道位置上的老人说话，告诉她他是多么兴奋。回家总是好的，她颤抖着说。只要能回我就回，现在不常回了，境况不是太好。

见到他出生的土地，见到他的国人掌管着一切，他还没有

---

① 有乡村生活经验的人会知道，这两种声响很接近。

做好准备。一股子气嗖地从肺里飞了出去。将近四年他没有在北美人面前大声地讲过西班牙语，现在他听见它从每一张嘴里蹦跳而出。

他毛孔大张，汗湿衣衫，已经很多年没有这样汗湿衣衫了。城里热得怕人，红色尘土让他嗓子发干，并在鼻孔里纠结成团。贫穷——脏兮兮的小孩生气地指着他的新鞋，家眷懒散地窝在茅棚里——熟悉而令人窒息。

他感觉像一个观光客，乘着巴士去博卡其卡，在哥伦布宫前和尼尔达合影。一天里要被迫着在尼尔达家人的各个朋友家里吃两三次。毕竟，他是北方来的成功的新任丈夫。望着何塞法拔鸡毛，湿漉漉的羽毛沾了满手，铺了一地，他记起自己以前也拔过很多次，在圣地亚哥，他的第一个家，现在他已不属于的那个家。

他试着去看他的家人，但每次想到这事，他的决心就像飓风前的落叶一样飞散。相反他去看了他在警局的朋友，三天里喝掉六瓶布吕加尔。终于，在他来访的第四天，他借了能找到的最好的衣服，口袋里叠了两百元钱，搭上巴士去萨姆莱·威尔斯（因为二十一街又改名了），巡游到了他的老街区的中心。每条街上都有小店，每面墙上和板上都刷着广告牌。孩子们手持附近建筑上的煤渣砖相互追逐。有几个还朝巴士扔石头。巨大的嘭响吓得乘客们都直起身来。巴士的前进速度慢得叫人沮丧,每站距离上站似乎只有四尺远。终于,他下车了,步行两条街到了二十一街和敦蒂的转角。当时的空气一定很稀薄,太阳像火一样烤着他的头发,催生出汗水淌下脸颊。他一定见到了他认识的人。海森闷闷不乐地坐在他的小店里,一个电焊工转成了杂货商。奇琼,啃着块鸡骨头,脚下一排刷过后重新闪亮的鞋。也许爸爸到那里就停住了,走不下去了。也许他走到了房子边,从他走后还没有漆过。也许他甚至在屋外停了下来,站在那里,等着他的孩子从前门出来认他。

最终,他还是没来看我们。如果妈妈从朋友那里听说了他在城里,带着另外一个老婆,她也不会告诉我们。他的缺席对我是一件严密无缝的事情。如果有个陌生的男人在我玩耍的时候走过来,盯着我和哥哥看,也许问了我们的名字,我现在也不记得了。

爸爸回到家,不太能回到他的老路子上去。他头一次请了病假,三天,在电视前面和酒吧里度过。他拒绝了禾禾提议的两次生意机会。第一次以彻底失败告终,赔掉了禾禾"牙里的金子"。但另外一次,史密斯街上的 FOB 服装店[①],卖打折商品、

[①] FOB,是 fresh-off-boat 的简写,指刚刚下船上岸,初来乍到的移民。

一大柜一大柜的工厂次品，还有一个巨大的货架做分期付款货，简直是日进斗金。地点是爸爸推荐给禾禾的，他从楚伊托那里得知这个空置的地方。楚伊托还住在珀思·安堡。伦敦阶地公寓还没有开张。

下班后爸爸和楚伊托在史密斯街和榆树街上的酒吧里痛饮，每隔几晚他就在珀思·安堡留宿。尼尔达自从生了拉蒙第三后就开始发胖了，爸爸喜欢胖女人，但不喜欢痴肥，因此不太想回家。谁需要你这样的女人？他对她说。打架变成了两口子的常事。锁换掉了，门被砸了，耳光也对扇过了，但周末和偶尔一个工作日的晚上，他们还在一起度过。

酷暑时节，柴油铲车发出的土豆般的气味充塞了库房，爸爸帮另外一个人把一个柳条箱推到位置上去时，忽然感到脊椎中间一阵剧痛。嘿混蛋，推啊，另外一个人嘟囔说。爸爸把工作服拽出工作裤外，向右一扭又向左一扭，问题出现了，有东西断了。他跪倒在地。疼痛如此猛烈，像焰火筒里的火球一样将他穿透，他吐在了库房的水泥地上。一起干活的工人把他挪到餐厅。两个小时里他不断地试着行走，但失败了。楚伊托从他的部门下来，关心他的朋友，但也担心这不在计划之内的休息会气坏他的老板。你怎么样？他问。

不太好。你把我从这里弄出去吧。

你知道，我不能离开。

那么帮我叫辆出租。送我回家。像所有受伤的人一样，他以为家能救他。

楚伊托叫来了出租。没有雇员有时间扶他走出去。

尼尔达把他扶到床上，让一个表亲照看餐厅。老天，他对着她呻吟，我应该动作慢一点的。再坚持一点时间我就能回家和你在一起了。你知道吗？就几小时。

她下楼到秘术铺子买了一块膏药，又去到烟酒杂货店买了阿司匹林。让我们看看这古老的魔法能起多大作用，她说着，把膏药涂抹在他背上。

两天里他动不了，甚至连头都动不了。他吃得很少，只喝她调制的汤。不止一次他睡过去了醒来发现她出去了，买药茶去了，米拉格罗斯俯视着他，戴着大眼镜像只庄严的猫头鹰。女儿啊，他说，我觉得快要死了。

你不会死的，她说。

如果我死了会怎样呢？

妈妈就成了一个人了。

他闭上眼睛，祈祷睁开时她已经消失。她果然走了，尼尔达端着药从门口进来，药在一个破盘子上冒着热气。

第四天，他能坐起来，亲自打电话请病假。他告诉早班经理他不太能动弹。我想我就躺床上吧，他说。经理叫他过去，可以领一张医疗休假证。爸爸让米拉格罗斯在电话簿里找了一个律师的名字。他在考虑诉讼。他有梦，美梦，梦见金戒指、宽敞的大房子，沐浴着海风，房间里吊着热带鸟笼。他联系上的女律师只负责离婚案件，但她把她弟弟的号码给了他。

尼尔达对他的计划并不乐观。你以为外国人的钱那么好拿走吗？他们长那么苍白，就是因为害怕没钱。你跟那个你帮他推箱子的人说过了吗？他很可能会做公司的证人，这样他不会像你那样丢掉工作。那基佬还很可能因此得到提升。

我不是非法的，他说，我是受保护的。

我想你最好还是打消这个念头。

他给楚伊托打电话让他把事情宣扬出去。楚伊托也不乐观。老板知道你想要使什么劲。他不喜欢，老兄。他说你最好回去工作，不然就要被辞了。

他的勇气消退了。爸爸开始为独立医生咨询费定价。很可能，他爸爸的那条腿在他脑海中跳来跳去。他爸爸，何塞·埃迪利奥，大嗓门的放荡流浪汉，他从来没和爸爸的妈妈结婚，却给了她九个孩子。在里约彼德拉斯[1]一家酒店厨房上班时也尝

---

[1] 波多黎各一城市。

试过这一绝招。何塞不小心把一罐炖西红柿掉在了脚上，折断了两根小骨头，但他没去看医生，反而继续上班，一瘸一拐在厨房里走动。每天上班时，他笑着对一起干活的人说，我想是时候照料这条腿了。然后他往上面又砸了一罐，估摸着伤势更重，等他去给老板看时，得到的钱就越多。在爸爸的成长过程中，听到这个让他很难过和羞愧。有传言说老头子曾经在他住的街区上游荡，找一个人来打他这只脚。对老头来说，那脚就是一项投资，他把它像传家宝一样地宝贝着，装饰着，直到感染太严重，不得不截去了一半。

又过了一星期，律师那里没有电话来，爸爸去看了公司的医生。他感觉脊椎里面好像有碎玻璃一样，他只被准了三星期的病假。他不理会服用说明，一天吞十片药丸止痛。他好多了。回到班上他又能干活，这就够了。老板们在爸爸接下来的提升机会中全体一致投了反对票。他们把他降级到他刚开始做这份工作时的轮班岗上。

他自己不能接受失败，却责怪尼尔达。婊子，他现在喜欢这么叫她。他们打得更起劲了，橘色象被撞翻，丢了一根象牙。她把他踢出去两次，但在禾禾那里留职察看了几星期后，又允许他回来。他更少见儿子了，躲避所有喂养宝宝的日常职责。拉蒙第三是个清秀的孩子，他身子前倾，全速冲刺，在房子里不停歇地漫游，好像一个转动的陀螺。爸爸很擅长逗宝宝，捉住他的脚把他拖过地板，挠他的痒痒。可只要拉蒙第三开始闹起来，玩耍时间就结束了。尼尔达，过来管管他，他会说。

拉蒙第三长得像爸爸其他儿子，有时他会说，尤尼奥，别这样。如果给尼尔达听到，她就会爆炸。见鬼！她会喊着，抱起孩子和米拉格罗斯一起退进卧室。爸爸不是经常搞混，但他不能确定自己有多少次叫拉蒙第三时想的是拉蒙第二。因为疼痛难忍的背，因为和尼尔达每况愈下的关系，爸爸越来越觉得离开是不可避免的了，他前面的家人是符合逻辑的目的地。他开始把他们看作他的救星，可以救赎他命运的重生之力。他把自己想的全告诉了禾禾。禾禾说，你现在总算明白过来了，老兄。楚伊托即将离开仓库，这也给爸爸的行动壮了胆。伦敦阶地公寓，因为谣传说是建在了一个化学物质填埋场上而一度停工，现在终于开工了。

禾禾只给了爸爸他许诺过的一半钱。禾禾仍在为他失败的那个生意花钱，需要一点时间恢复。爸爸把这视为背叛，对他的朋友也这样说。他说得天花乱坠，可到了最后，你什么都拿不到。虽然这些控诉走漏到禾禾那里，伤害了他，但他什么都没说，还是把钱借给了爸爸。禾禾就是这样的人。剩下那部分是爸爸上班赚的，花的时间比他预期的多了几个月。楚伊托为他留了一套公寓，他们开始一起布置家具。他开始带上一两件衬衫上班，然后带去公寓。有时他往口袋里塞几双袜子或两条内裤。他在把自己偷渡出尼尔达的生活。

你的衣服是怎么回事？她有一晚问。

是那该死的洗衣工，他说。那笨蛋总是弄丢我的东西。我哪天有假得去找他理论一下。

你要我去吗？

我能处理，那是个非常讨厌的家伙。

第二天早晨她撞见他往午餐桶里塞进去两件衬衫。我送这些去洗，他解释说。

我来洗吧。

你太忙了，这样简单。

他说得不是很圆转。

他们只在有事的时候才说话。

几年后，尼尔达和我会说起来，在他离开我们之后，在她的孩子搬出家门之后。米拉格罗斯有了自己的孩子，他们的照片布满桌子和墙壁。尼尔达的儿子在肯尼迪机场装运行李。我拿起他和女朋友一起的照片。我们毕竟是兄弟，虽然他的脸更尊重对称法则。

我们坐在厨房里,还是那所房子,听到楼与楼之间宽阔的通道上偶尔传来拍橡皮球的弹击声。妈妈给了我她的地址(替我问候那女人,她说),我转了三次地铁才找到她,巴掌上写着她的地址,走过了几个街区。

我是拉蒙的儿子,我说。

孩子,我知道你是谁。

她冲了奶蜜咖啡,递给我一包戈雅饼干。不,谢谢,我说,不再想问她问题,也不想坐在这里。愤怒又回到了心中。我低头看着自己的脚,看见油地毡破旧而肮脏。她的头发很短,贴着她的小脑袋剪的。我们坐着喝咖啡,终于说起话来。两个陌生人一起重温了那次事件——一次龙卷风,一次彗星撞击,一次战争——我们都看见了它,从遥远和不同的角度。

他是早上离开的,她安静地说。我知道有什么事情不对劲,因为他躺在床上,什么都不做,只是轻轻抚弄我的头发。我那时头发还很长。我是个五旬节教徒。他平时不恋床,总是醒来就去冲澡、穿衣,然后走掉。他就是那么精力充沛。但那天他起来后却站在小拉蒙面前。你没事吧?我问,他说他很好。我不想为这个和他打架,只是躺回去接着睡觉。我现在还会想我做的那个梦。我梦到我还小,那天是我生日,我正在吃一碟鹌鹑蛋,那些全是给我一个人的。真是好傻的一个梦。醒来我看到他剩下的东西也不见了。

她缓慢地扳动指关节。我以为我再也不会停止伤心。我那时才知道你妈妈的感受。你应该告诉她这个。

我们一直说到天黑，然后我站起身。外面当地的孩子结成小分队，在街灯散发的明亮云团之中大步穿行。她提议我去她的餐馆，但我走到那里时，透过玻璃窗上自己的影子看见里面的人，所有的人都是我已经熟悉的那些人的翻版。我决定回家。

十二月。他十二月离开的。公司给了他两星期的假，尼尔达一无所知。他在厨房喝掉一杯黑咖啡，洗净杯子放到碗篮里晾干。我怀疑他有没有哭，甚或焦虑。他点了一支烟，把火柴抛到厨房桌上，向外走去，进到刺骨的风中，风从南边吹来，寒冷而悠长。他没理会那些在街上逡巡的空出租车队伍，走到了亚特兰大街上。那里那时家具和古董店没现在多。他一支接一支地抽烟，不到一小时就解决了一包。他在一个售货亭买了个纸箱，因为知道出了国这玩意有多贵。

邦德街的第一个地铁站本可以将他带到机场。我乐于想象他赶上了第一班车，而不是先去了楚伊托那里，才飞往南方去接我们，虽然后者更有可能是实际情形。